KB231539

거울
너머의
나

Original Title : "Al otro lado del espejo"

ⓒ Jordi Sierra i Fabra, 2005
www.sierraifabra.com
ⓒ Editorial Planeta, S.A., 2005
Avda. Diagonal 662-664, Barcelona 08034 (Spain)

Korean Translation copyright ⓒ 2012 Pulbit Publishing Co.
The Korean Edition published by arrangement with DESTINO INFANTIL, an imprint of
EDITORIAL PLANETA, S.A. through Literary Agency Greenbook.

이 책의 한국어판 저작권과 판권은 저작권에이전시 그린북을 통한 저작권자와의 독점 계약으로
도서출판 풀빛에 있습니다. 저작권법에 의해 한국 내에서 보호를 받는 저작물이므로
무단 전재와 무단 복제, 전송, 배포 등을 금합니다.

거울 너머의 나

조르디 시에라 이 파브라 지음

김영주 옮김

풀빛

첫 번째 감각

"이건 내 인생이야. 인생은 단 한 번뿐이야.

설령 그게 부모님이라 할지라도

다른 사람들 때문에 내 인생이 일그러지는 건 싫어."

마리사는 만일 같은 상황이었다면 자신은 어떻게 했을까 생각해 봤다.

1

누군가 거울을 믿지 말라고 말했다.

그녀는 어디선가 이 구절을 읽은 적이 있다. 어디서 보았는지 기억은 나지 않지만 뇌리에 남아 있다. 사람들은 거울로 자신의 모습을 본다. 그러나 거울 속에 비친 모습은 나의 현재가 아니라 과거일 뿐이다. 백만 분의 일 초가 아무리 짧아 보여도 시간은 시간인 법. 하늘에 떠 있는 별빛이 수백만 년 전에 발산되어 별이 죽고 나서야 지구에 도달했듯이, 거울 속에 투영된 얼굴 또한 반사되어 오간 끝에 도달한 것이다.

그렇기에 우리는 거울을 통해 언제나 백만 분의 일 초 전 자신의 모습을 보게 된다.

그녀는 뭐든지 잘하는 아이, 철학적인 아이라는 딱지가 몹시 싫었다. 그러나 그게 바로 그녀였다.

그녀는 수업 시간에 이것이 골칫거리라 얘기했지만 그러거나 말거나 사람들은 그녀가 원래 그런 사람이라며 수군거렸다.

마리사는 욕실 거울에 비친 자신의 과거에게 한숨을 푹 내쉬어 보였다.

이 모든 게 대체 무엇 때문일까?

그래, 바로 그 빌어먹을 질문 때문이다.

"우리는 서로를 잘 아는가?"

철학 선생님이 물었다.

잘 아냐고?

대답은 '아니요.' 다.

마리사는 자신이 무엇을 알아야 하는지, 누구를 알아야 하는지 도통 몰랐다.

마리사 파르도 푸스테르. 열여섯 살, 고등학교 일 학년, 알폰소와 레오의 딸, 차리의 여동생. 현재는? 공부, 공부, 또 공부 중. 미래는? 아무 생각 없음. 과거는? 거울 속 그녀. 그전에는 아무것도 아닌 존재.

과거로 돌아가기에는 이미 먼 길을 왔다.

마리사는 최근 이삼 년 동안 종종 여러 가지 의문을 떠올리곤 했다.

이러한 의문들은 그녀의 가슴을 콕콕 찌르고 허물어뜨렸다.

사람들은 스스로를 좋아할까? 스스로를 받아들일까? 스스로를 이해하는 걸까? 또 스스로를……? 마리사는 한 가지 대답만을 끈질기게 반복했다.

'아니, 아니, 아니야.'

인생은 꽤나 거칠었고 마리사는 지나치게 부정적이었다. 그녀 역시 자신이 그렇다는 걸 잘 알고 있었다.

마리사는 거울에서 조금 뒤로 물러나 이제 막 샤워를 끝내고 수건으로 닦은 자신의 벗은 몸을 바라봤다. 그리고 사람들 말대로 다른 관점에서 자신을 빛나게 하는 감정을 끌어올려 겉모습을 포장해 보려 애썼다. 애정, 부드러움, 상냥함 같은 긍정적인 감정 말이다. 물론 긍정적인 감정은 좋다. 하지만 이런 것들이 그녀를 남들과 다르게 만들어 주지는 않았다. 사람들은 그렇게 생각할지 몰라도 마리사는 아니었다.

상냥하고, 부드럽고, 애교스럽고, 감성이 풍부한 사람은 많았다. 그런데 그게 뭐 어쨌단 말인가? 마이테는 키가 일 미터 칠십 센티미터고, 카르멘은 가슴이 크고, 노르마는 수학 천재이고, 파올라는 올림픽 메달도 딸 수 있을 만큼 운동을 잘하고, 마리아 아순시온은 남학생들을 홀리고 여학생들의 질투를 유발할 만한 기다란 금발 머리를 지녔고, 필라르는 미친듯이 남자를 꾀어내는 재주가 있다. 이렇게 모두 여러 분야에서 두각을 나타냈다. 전부 늘어놓자면 끝도 없을 것이다.

그러나 열여섯 살, 고등학교 일 학년, 알폰소와 레오의 딸, 그리고 차리의 여동생인 마리사 파르도 푸스테르는 어떤가?

마리사는 키가 일 미터 육십삼 센티미터였다. 작은 키는 아니었지만 그렇다고 남들에게 떠벌리고 다닐 만한 키도 아니었다. 마리사의 머리카락은 아주 짧았다. 등 중간까지 내려오던 예전 머리카락은 육 개월 전 엄마가 마음에 들지 않는다고 난리 쳐서 자른 뒤 마치 기념품처럼 마리사의 방에 걸려 있다. 어린 시절의 머리카락이여, 잘 가. 엉터리 청춘이여, 어서 오렴.

마리사의 눈은 맑았고 코는 자그마했으며 입술은 살짝 입꼬리가 올라간 게 예뻤다. 광대뼈와 턱은 완벽한 대칭과 조화를 자랑했다. 마리사의 인상이 부드러워 보이는 것은 이 때문이었다. 하지만 마리사는 이런 자신의 외모가 불편했다. 어릴 적 천사 같이 생겼다는 말을 들을 때마다 그 사람의 목에 달려들어 뱀파이어처럼 물어뜯고 싶었다. 큰소리로 "참 상냥하네."라고 말하는 사람들의 엉덩이를 걷어차고 싶어 미칠 것 같았다. 천사 같다느니, 상냥하다느니 하는 소리는 제발 집어치우라고!

스스로 받아들이지 않으면 일종의 부담이 되기도 한다. 그런 의미에서 마리사는 여전히 자신의 외모로 인해 빚어진 편견을 받아들일 마음의 준비가 되어 있지 않았다. 그래서 그녀는 호르디의 교훈을 마음에 새겼다. 호르디는 같은 반 친구였는데 한 학년을 유급당해 실제로는 한 살 위였다. 진실만을 말하는 정직한 아이, 모두가 신뢰할 만한 좋은 사람이라는 딱지가 오랫동안 호르디에게 붙어 다니며 그를 괴롭혔다. 성인군자니까, 좋은 사람이니까…… 등의 이유로 호르디는 뭐든 책임져야 했다.

일 년 전 어느 날, 이제 지친 호르디는 바보 같은 자신의 이미지를 한 방에 지워 버리기로 결심하고, 자신이 음반 제작 제의를 받았다고 말했다. 그는 가족과 이웃들 그리고 학교 친구들에게 이런 발표를 하고 이후 석 달 동안 녹음이 어땠는지 세세하게 설명했다. 매일 수업이 끝나고 집에 가는 길에도 아주 작은 부분까지 흠잡을 데 없이 그럴싸하게 재잘댔다. 부모님께는 학업을 그만두겠다고 했다. 수업 시간에는 이따금 녹음을 열네 번이나 넘게 시켜 목이 쉬는 바람에 말을 할 수 없다고 했다. 정말 상상력 하나는 끝내줬다. 석 달이 지났을 땐 음반 표지를 만들더니 집과 학교, 심지어 계단에서까지 앨범 출시 기념 콘서트를 열었다. 게다가 덜 알려진 진짜 가수의 음반을 트는 무모함까지 보이더니 콘서트에서 노래가 너무 좋다며 열광하는 사람들에게 모두 거짓말이었다, 너희들을 놀린 거다, 바보 같다는 말로 들려 정말 싫으니 제발 착한 아이라고 추켜세우지 말라고 한 짓이다, 라고 선언해 버렸다.

호르디의 부모님은 그를 거의 반쯤 죽이다시피 했고, 이웃들은 계단에서 그를 쫓아냈다. 학교에선 몇몇 여학생들이 울면서 난리를 피웠다. 유명 인사의 친구가 된다고 생각했는데 배신당한 기분이라고 했다. 사실 호르디의 말이 무슨 의미인지 이해한 사람은 몇 되지 않았다. 그러나 마리사는 그를 십분 이해할 수 있었다. 그날 이후로 호르디는 자신의 삶을 헤쳐 나가고 스스로에게 던진 질문에 대답할 수 있는 용기 있는 자의 표본이 되었다. 다들 호르디를 미친놈이라고 불렀지만 동시에 영리하고 뭐든 할 수 있는 아이라는 평판도 생겨났다. 모두 그를 존중하게 된 것이다.

지금 마리사는 거울 앞에서 계속 자기 자신과의 싸움을 하고 있다.

사람들은 그녀에게 '귀엽다.'라고 한다. '예쁘다.'가 아닌 '귀엽다.'였다. 마리사는 이런 말을 듣는 것이 지독히도 싫었다. 그러니 얼굴과 같은 선상에 있는 몸은 그녀를 두 번 죽이는 것과 다름없었다. 그녀의 엄마는 자연스럽게 속을 다 채우고 나면 멋진 여자가 될 거라고 했다. 그리고 딸의 자질 중 가장 마음에 드는 부분이 '여성스러움'이라고도 했다. 마리사는 대체 자신의 어디가 여성스러운지 도통 이해할 수 없었다. 그저 반사적으로 호르디에게 '좋은 아이'라고 하는 것과 같은 차원의 말 아닌가? 그러면 바보 같다는 소리인가? 그녀와 같은 반 여학생들은 대부분은 담배를 피웠고, '여성스러움'과는 거리가 먼 옷을 입고 다녔다. 물론 자신의 매력을 최대한 드러내는 학생들도 있지만 적어도 그들은 실제로 눈에 보이는 매력 포인트가 있었다. 결국 각자 살아남기 위해 자신이 할 수 있는 것을 이용하는 법이다. 그런데 그녀는……

마리사의 가슴은 작았다. 어쩌면 표준 크기라고 말할 수도 있겠다.

길이가 짧은 못처럼 생기지도 않았고, 그렇다고 나이에 비해 커다란 실리콘 덩어리로 보이지도 않았으니까. 하지만 카르멘은 자기가 보기에 마리사의 가슴이 '조금' 부족하다고 했다. 거식증 환자인 크리스티나는 '조금' 넘친다고 했다. 그래서 마리사는 자신이 비정상처럼 느껴졌다. 사실 그녀의 허리는 나무랄 데가 없었고 팔과 다리도 가늘었는데 말이다.

마리사의 허벅지는 살집이 어느 정도 있어 권총집이라도 찬 것 같았다. 그녀의 어머니 말대로 속을 채우고 나면 '탱크집'이 될 게 분명했지만. 그나마 손발은 자신 있었다. 하지만 애석하게도 발은 여름이 아니면 보여 줄 일이 거의 없고, 손은 보는 사람이 거의 없는 부위였다. 손이 예쁜 것은 손톱을 물어뜯지 않고, 펜을 쓰고 나면 지저분하다는 생각에 집착에 가까울 만큼 항상 씻기 때문이었다. 또 뭐가 있을까? 그래, 목소리! 마리사는 약간 고음이라 평소에 목에 힘을 주지 않고 속삭이듯 말하는 편이었다. 언니의 남자친구는 전화 너머로 들리는 마리사의 목소리가 섹시하다고 했다. 참 친절하기도 하지. 사람들은 아부랍시고 칭찬을 늘어놓을 때가 있지만 그건 괜히 상대방의 머리를 복잡하게 만들 뿐이다. 마리사는 그 후로 통화를 할 때마다 어떻게 하면 섹시하거나 고음인 목소리를 안 낼 수 있을지 머리를 싸매야 했다.

마리사는 알몸이었다. 그래서 마지막으로 남은 건 성기뿐이었다.

그녀의 신체적—많은 이들에게 정신적—우주의 무게 중심인 성기 말이다.

마리사는 삼각형으로 생긴 신비롭고 거무튀튀한 얼룩을 바라봤다. 음모가 난 이후로 그곳은 어른처럼 완성된 것 같았다. 삼 개월 전만 해도 그녀는 성기를 '잘 모르는 그곳'이라고 돌려 말하곤 했다. 이제 더 잘 안다는 건 아니지만 삼 개월 전 그날, 적어도 그곳을 살펴보기는 하겠노라 마음먹었다. 마리사가 그런 용기를 가지게 된 건 다른 사람들이 종교적, 도덕적 혹은 개인적 이유로 안 하다 하게 된 것보다 더 큰 의미가 있었다. 이게 다 성(性)과 여성에 관한 한 텔레비전 방송 때문이었다.

텔레비전에 나온 전문가는 '여자는 스스로를 발견하는 것이 중요한데, 그중 마음과 성기가 가장 중요하다.'고 했다. 그러더니 여성 방청객들에게 혼자 있을 때 거울을 꺼내 다리 사이에 놓고―전문가의 정의에 따르면―'순수하고 아름다운 괴물'을 보라고 했다. 많은 여성이 거부하고, 즐거운 친구이기보다 부끄러운 적으로 만들어 버리는 그 괴물 말이다. 그 전문가는 또 그곳을 느끼고, 만지고, 내·외적으로 탐색하라고 조언했다. 전문가는 여러 차례 무슨 규범이나 되는 것처럼 '좋은 성생활이 좋은 삶이다.'라고 주장했다. '아무것도 버릴 게 없다.'며 목에 핏대를 세우기도 했다. 방송이 끝날 무렵에는 '자유로워지자. 그리고 자신을 있는 그대로 받아들이자.'고 말했다.

그래서 마리사는 그날 밤 '순수하고 아름다운 괴물'을 처음으로 만났다.

그녀는 계속 똑같은 질문을 두고 낑낑댔다. 계속 같은 눈으로 거울 속 자신을 봤다. 계속 고민에 휩싸여 있었다. 하지만 이제 적어도 모르는 신체 부위는 없다. 모든 게 완성된 기분이었다.

성도 마찬가지였다.

그것은 '나는 나 자신을 좋아하는가?', '나는 나를 받아들이는가?',

'나는 나를 이해하는가?' 와 같이 완연한 사춘기 소녀를 못살게 굴던 질문들의 일부였다. 사춘기를 그냥 '청소년기' 내지 '지나가는 단계'로 생각했던 게 화근이었다.

성기 역시 거울을 통해 봤으므로 그것 또한 백만 분의 일 초 전의 과거였다.

마리사는 조금 고단했다. 옆으로 서서 실루엣을 봤다. 엉덩이의 굴곡, 납작한 배, 가슴의 옆모습을 보고 난 후 몸과 머리를 돌려 뒷모습을 봤다.

분명한 사실은 자신의 집과 같은 그 몸으로 평생 살게 될 거라는 것이다. 수술을 해도 마찬가지였다. 물이 새는 천장을 고치거나 지붕을 바꾸거나, 혹은 다른 곳을 고친다고 해도 그녀는 그녀일 뿐이다. 팔십 년이 지나 아흔여섯이 되더라도 그 몸을 보고 있을 것이다. 지금에 비해 찌그러지고 주름져 있겠지만 결국 같은 몸이다. 그러므로 우선 '스스로를 사랑하는 것' 부터 시작해야 했다. 그것만은 확실했고, 또 필요했다. 그런데 어떻게 스스로를 사랑하지? 그 방법은 뭘까? 스스로를 받아들인다는 게 뭐지? 뭘 받아들여야 하는 거지?

마리사는 사춘기가 오기 전인 몇 년 전만 해도 머리 아플 일이 없는 아이였다. 얼마나 행복했던 시절인가! 지금은 여드름에, 질문과 의문들, 그리고 고민까지……!

특히나 고민이 문제였다.

마리사는 다시 한숨을 내쉬었다.

인생은 풀어야 할 문제가 아닌, 발견해야 할 신비로운 것이라고 했다. 별 이상한 말도 다 있다. 혹자는 인생이 열려 있는 책이라고도 했다. 그렇다면 그녀 안의 글자는 어디에 있는 걸까? 마리사는 이제 그 책을 읽고 싶었다. 그러나 마침표나 쉼표는커녕 눈곱만큼의 실마리가 될 단어 하나조차도 찾지 못했다.

대신 보이는 건 점점 불어나는 걱정거리뿐이었다.

"네가 싫어."

마리사가 거울에게 말했다. 그 속에 비친 자신이 아니라.

마리사는 귀찮은 듯 손을 뻗어 잠옷을 집었다. 그리고 축 늘어진 몸을 움직여 입기 시작했다. 워낙 빈둥거리며 자는 것을 좋아하는 탓에 잠옷은 제 기능에 충실하게 넉넉한 편이었다. 거울에 비친, 세 살쯤 더 어려 보이는 자신의 모습을 마지막으로 쳐다보고 마리사는 욕실에서 나왔다.

침대에 누워 불을 끄자 그녀의 머릿속에선 여전히 불안함의 양 끝인 '아무것도 없음'과 '모든 것'이 싸우고 있었다.

이 때문에 마리사는 길을 잃은 개처럼, 사막에서 목마른 자처럼, 허공의 갈매기처럼 헤매고 있었다.

그날 밤은 어떻게 잠이 들었는지 몰랐다.

2

아말리아는 마리사의 부족한 부분을 완벽히 메워 주는 존재였다.

모든 필수 조건을 갖춘 데다 마리사의 가장 친한 친구이기도 했다. 마리사는 아말리아를 무척이나 좋아했다. 함께한 지 수년이나 되어 눈빛만 봐도 아는 사이였다. 여기서 중요한 점은 둘이 성격이나 외모나 닮은 점이 하나도 없다는 것이다. 아말리아는 마리사보다 더 대범했고 정신력과 개성이 더 강했다. 아말리아 주변은 언제나 시끌벅적했다. 그녀의 삶은 마치 레드 카펫 같았다. 아말리아는 겁 없이 레드 카펫을 밟고 다녔다. 외모를 보자면 머리카락은 보기 싫은 시뻘건 색이 아닌 은은한 붉은빛이 감돌았고 피부는 투명했다. 얼굴에는 주근깨가 골고루 박혀 있고, 두 눈은 까맣고, 입술은 도톰했다. 아말리아의 미소는 그녀의 외향적인 성격을 그대로 드러내는 것 같았고, 손짓과 몸짓도 활력이 넘쳤다. 예쁘기도 했지만 그보다는 매력적이라고 표현하는 게 더 정확했다.

아말리아는 늘 여기저기 참견하기 좋아했다. 게다가 몸매도 근사했다. 정작 본인은 대수롭지 않게 생각했지만.

아말리아는 평소에 자기 자신의 성장과 발전을 전혀 통제할 수가 없어서 모든 걸 끝내고 정리하고 싶어질 때 비로소 무엇을 어떻게 해야 할지 알게 될 거라고 말하곤 했다.

아말리아만큼 속이 편한 사람이 또 있을까?

마리사는 마음이 맞는 친구가 별로 없었다. 아말리아는 유일하다고 할 순 없어도 그 몇 안 되는 친구 중 하나였고 가장 좋아하는 친구이기도 했다. 그야말로 정신적 쌍둥이나 다름없었다.

다투거나, 반격을 당하거나, 혹은 아무도 없는 곳에서 정신을 못 차릴 정도가 되도록 말싸움을 하고 끝날 가능성도 있지만 그것이 아무리 두려워도 마리사는 오직 아말리아에게만 속마음을 털어놓았다.

음료수를 마시러 간 카페의 테라스 옆 자리에 아무도 없자 마리사는 불쑥 이렇게 말했다.

"나 어젯밤에 거울을 봤는데 말이야."

"그래서?"

아말리아가 거들었다.

"발가벗고 있었거든."

"그래서?"

"잘 모르겠어."

마리사는 극도로 말을 아끼며 협조하지 않는 상대 때문에 대꾸할 말이 없었다.

"자세히 좀 말해 봐."

"잘 모르겠다니까."

"뭘 모른다는 거야?"

아말리아가 대화를 이끌었다.

"그건 내가 아니었어."

마리사가 말했다.

아말리아는 흥미롭다는 듯이 미소를 지었다.

"그럼 누구였는데?"

"그냥 어떤 사람이었어."

"응."

"그래, 처음 본 사람이었어."

마리사도 속 시원히 말하지 못했다. 아말리아는 그런 그녀를 뚫어지게 쳐다보며 어느 선까지 얘기해야 하나 재고 있었다. 결국 아말리아는 팔짱을 끼고 의자에 편하게 기대더니 직격타를 날렸다.

"신경쇠약이야, 아님 우울증이 도진 거야?"

"모든 걸 흑백 논리로 생각하진 마."

"그럼 이제 네가 말해 봐."

"그냥 질문 같은 거야."

마리사가 한숨을 쉬었다.

"내가 아는 사람은 그걸 '울화'라고 하더라."

아말리아가 말했다.

"그 사람 말로는 대략 열두 살에서 열여덟 살 사이가 되면 뭐든 마음을 무겁게 만든대. 그런 것에 적응하기도 힘들고. 어린 티를 벗고 생리도 하고 몸도 바뀌는 거지. 온통 이해할 수 없는 것투성이고 이유 없이 눈물도 나고, 그래서 스스로가 바보처럼 느껴지고 말이야……. 갑자기 찾아오는 이 빌어먹을 것 때문에 자신의 관점까지 흔들려서 뭐가 좋은지 뭐가 나쁜지 판단할 수도 없게 된다는 거야."

"그 천재가 대체 누구니?"

"어쨌든 맞는 말이잖아."

"그래서 물어보는 거야."

마리사가 응수했다.

"이건 이론 같은 거야. 시간이 지나야 증명이 되는 이론."

아말리아는 어깨를 으쓱해 보였다.

"그 친구 말로는 그런 불편함 때문에 울화가 생긴대. 하지만 울화는 좋은 신호래. 앞날에 대처할 수 있는 힘을 준다나. 지금은 힘들지만 시간이 지나 울화를 긍정적으로 이용한다면 거기서 힘을 얻는 거지."

"흥미로운데?"

"맞아. 흠이라면 너나 나한테는 이론으로써 완벽한 얘기지만 실제로는 적용이 안 된다는 거지. 우리 앞에 무슨 일이 닥칠지 전혀 모르잖아? 십 년이 뭐야, 당장 내년, 아니면 다음 달에 일어날 일도 모르는걸. 뭔가에 대해 시간적인 거리를 두고 말을 할 수 있다는 건 대단한 거 같아. 감기로 열이 사십 도가 넘는 사람에게 한 달 안에 씻은 듯이 나을 거라고 해 봐. 분명 꺼지라고 할걸? 왜냐하면 지금 당장 아파 죽겠으니까. 뭘 하든 내일도, 모레도, 또 그 다음 날도 아플 테니까 말이야."

둘은 길게 싸우는 법이 없었다. 늘 뭐든지 쉽게 의견이 일치했다. 뭔가에 대해 몇 시간이나 얘기해도 시작이 어찌 됐든 끝에는 서로를 이해했다. 마리사는 자신의 어머니나 언니와는 이렇게 마음을 터놓고 얘기하지 못한다는 것을 떠올리고 드디어 깨달았다. 아말리아야말로 자신의 삶의 중심이라는 것을.

"우리가 언제부터 친구로 지냈지?"

마리사는 문득 궁금해졌다.

"아주 오래전부터."

"우리 사이에는 비밀이 없는 거 맞지?"

"그런 거 같은데?"

"내가 어떻게 보여?"

"정상으로 보여."

"진지하게 좀 말해 봐."

"진지하게 말한 거야."

아말리아가 발끈했다.

"내가 너를 어떻게 봤으면 좋겠는데? 네가 눈이 세 개 달린 것도, 손가락이 여섯 개인 것도 아니잖아."

"그건 아니지만……. 정말 정상으로 보여?"

"뭐야, 너?"

아말리아가 냉소를 지었다.

"지금 친구로서 묻는 거야, 아니면 정신과 상담이라도 하는 거야? 후자라면 다른 데 가서 알아봐."

"그게 아니라, 어젯밤에 거울로 내 모습을 봤는데……. 잘 모르겠어."

"네가 아닌 거 같았다는 거야?"

"그 비슷한 거."

"오늘 밤 네 아빠나 엄마, 아니면 나를 한번 봐. 다들 너를 안 보고 있을 때 말이야. 그럼 아마 어젯밤과 똑같은 기분이 들걸? 태어난 순간부터 부모님을 알고 지내지만 막상 부모님을 바라보면서 스스로에게 '부모님이 누구지?'란 질문을 하게 되면, 부모님을 진짜 알지는 못한다는 생각이 들 거야. 부모님에 대해 아는 게 하나도 없는 것 같은 기분 말이야. 마찬가지로 네 얼굴도 한 번씩 완전히 다른 사람처럼 보일 수 있다는 거지."

"너도 이런 적 있어?"

"당연하지!"

"그럼 너 자신한테 막 질문하지 않아?"

"난 골치 아픈 일은 안 만들려고 하는 편이야."

"난 그게 잘 안 돼."

"난 뭐 몰라서 그러는 줄 알아?"

아말리아가 놀렸다.

"알았어."

마리사가 뽀로통하게 대답했다.

"야, 괜찮아."

아말리아가 마리사를 달랬다.

"거울과 대화하는 건 우리가 성장하는 과정 중 하나야. 매일 거울을 통해 나를 보잖아. 꼭 양파 껍질을 벗기는 것 같아. 마지막에는 눈물을 흘리고 마니까."

"그런 거 아니야."

"그럼 대체 뭐야? 욕실 거울에서는 뭐든 제일 처음 발견되잖아. 주름, 뽀루지, 여기저기 부딪혀 생긴 멍까지…… 우리 엄마는 얼마 전에 욕실 문을 확 열고 나오면서 온몸에 살이 뒤룩뒤룩 쪘다고 소리를 질렀지 뭐야. 거울은 우리의 의식과도 같은 거야. 진실을 말해 주는……."

"나 어젯밤에……."

"있잖아."

아말리아가 말을 막았다.

"내가 뭐 하나 말해 줄까?"

"그래."

"우리에겐 남자친구가 필요해."

"됐어."

"잘 들어 봐. 남자친구 하나가 아니라 둘 말이야. 아니다, 남자친구 말고 같이 놀 남자 둘. 우리가 마지막으로 남자 꾄 게 언제였지?"

"나? 난 십육 년 전인데?"

"난 일 년 전 부활절이야."

"하지만 그때 그건……."

"나한테는 그게 그거야. 어쨌든 우리 몸이 원하고 있으니까 네 우울증이 다시 도지지만 않는다면 이번 주 토요일에 뭘 잡게 될지 한번 보자고."

"사냥이라도 갈 기세네."

"잘 들어."

아말리아가 말했다.

"넌 로맨티스트이고, 난……."

아말리아는 걱정스러운 표정으로 눈을 치켜떴다.

"좋은 질문이다. 난 뭐지?"

"이것 봐!"

마리사가 쾌재를 불렀다.

"좋아. 똑똑한 아가씨, 난 어떻게 보이나요?"

"넌 감각적이고 완벽해."

"에이, 뭐야."

"키도 크고, 얼굴도 예쁘고, 멋진 눈에 커다란 입, 게다가 도톰한 입술까지 가졌잖아. 또 머리카락은 환상적이고, 몸매도 죽이지……."

"너 내 매니저라도 할래?"

아말리아가 마리사의 말을 가로막으며 말했다.

"진짜래도!"

"내 외모가 네 말 대로이고, 넌 답을 찾는 중이라면 이렇게 하면 되겠다. 토요일에 남자 사냥 가기! 더 이상 토 달기 없기다."

"아말리아……."

"이제 입 좀 다무시지?"

마리사는 아말리아의 말을 따랐다.

3

아말리아가 카페에서 나가자 마리사는 계속 자리에 앉아 남은 시간 동안 햇볕을 쬐었다. 며칠 동안 날이 흐리다가 오랜만에 보는 해였다. 눈을 감고 머리를 의자에 기대기 전에 마리사는 아말리아가 힘차게 걸으며 시야에서 멀어지는 것을 바라봤다.

아말리아는 몸짓뿐만 아니라 깃발처럼 바람에 나부끼는 머리카락에서도 자신만의 에너지가 느껴졌다. 마치 한 마리의 암호랑이 같았다. 아말리아 옆을 지나가던 남자 둘이 뒤를 돌아봤다. 한 명은 아주 젊고 다른 한 명은 아주 나이가 많았다. 아말리아 앞에 정복당한 두 극과 극인 셈이었다.

마리사는 그 광경을 보자 웃음이 나왔다. 아말리아는 특별한 아이였다.

아말리아는 부모님의 이혼으로 정신적인 충격을 받고, 친구들 간의 일상적이고도 흔한 일로 상처를 받았음에도 불구하고 여전히 도전 정신으로 자신의 삶에 미소를 지을 수 있는, 주먹을 쥐고 이를 꽉 깨물고 앞으로 나갈 준비가 된 아이였다.

부모님의 이혼에 대해 얘기를 하다 아말리아는 이런 말을 했다.

"이건 내 인생이야. 인생은 단 한 번뿐이야. 설령 그게 부모님이라 할지라도 다른 사람들 때문에 내 인생이 일그러지는 건 싫어."

마리사는 만일 같은 상황이었다면 자신은 어떻게 했을까 생각해 봤다.

분명 나락으로 떨어진 것처럼 기분이 바닥을 치고 불행하다고 느꼈을 것이다. 죄다 안으로 억누르고 그 누구보다 최악인 기분으로 하루 하루를 보낼지도 모른다. 천지개벽 이래 운이 나쁜 것이 모두 자신의 잘못인 것처럼 느끼면서 말이다.

아말리아는 아버지나 어머니 그리고 이미 일어난 일에 대한 자신만의 의견이 분명했다. 적어도 그 의견과 자신의 자유는 단단히 붙잡고 있었다. 어쩌면 정신적인 부담이 너무 커 어느 날 무너져 버릴지도 모르지만 그 순간만큼은 의지를 불살라 있는 힘껏 버텨 내고 있었다.

마리사는 왜 어젯밤 자신의 거울 대신 아말리아의 거울로 스스로를 바라보지 못했을까?

마리사는 머릿속이 복잡해지자 눈을 뜨고 고개를 돌렸다. 그때 그 남학생을 봤다.

그와 눈이 마주친 건 처음이 아니었다. 그러나 항상, 늘 같은 결말이었다. 그가 멀찌감치 마리사를 지켜보면 마리사는 어떻게 해야 할지 몰라 그의 눈을 피하는 척했다. 남학생은 고개를 숙이곤 했고, 그가 그러지 않으면 마리사가 그랬다. 또 남학생은 길을 건너거나 다른 것을 하는 척을 했다. 반대 방향으로 가기도 했다. 그럴 때면 마리사는 그가 소심하거나 바보 같다고 생각했다.

남학생은 한 열일곱이나 열여덟 살쯤 돼 보였다. 큰 키에 금발 머리를 가진 그는 또렷하고 마음씨 좋은 인상이었다. 외모는 나쁘지 않아 보였다. 아말리아는 그를 두고 노골적으로 '쌈박하다.' 내지는 '죽인다.' 라고 표현했다. 아말리아는 남자 문제에 대해선 수준이 좀 낮았다. 육 개월 전에 미스터 콰지모도(빅토르 위고의 소설 《노틀담의 꼽추》에 나오는 흉측하게 생긴 종지기이다-역주) 월드 선발 대회에서 일등을 휩쓸 만한 펠리페 산치드리안을 귀엽다고 할 정도였다. 아말리아는 종종 개성과 양호함을 친절함과 준수함으로 헷갈리곤 했다.

그러나 그 남학생이 준수하다는 건 의심의 여지가 없었다. 게다가 옷맵시도 좋았다. 입고 있는 옷이나 색상 배합을 보더라도 세련된 취향이 확연히 드러났다. 헤어스타일이나 스웨터를 걸친 방식도 남달랐다.

마리사는 정면을 바라봤다.

아무 소용없는 짓이긴 했지만.

마리사는 어찌할 바를 몰라 동상처럼 굳어 있었다. 그런 상황이 너무도 어색했던 것이다. 그때 자신을 향한 남학생의 눈빛이 더 강렬해졌음을 느꼈다. 그의 눈이 마리사의 옆모습을 좇아 머리카락을 쓰다듬고, 입술에 키스를 하더니 몸을 훑었다. 마리사는 어젯밤 거울 앞에서처럼 다시 발가벗은 기분이었다. 남학생이 눈으로 떨고 있는 마리사의 피부를 더듬으며 천천히 조심스레 옷을 벗기고 있었기 때문이었다.

마리사는 온몸에 닭살이 돋았다.

이제껏 단 한 번도 그 비슷한 기분조차 느껴 본 적이 없었다.

그럼에도 불구하고 마리사는 미동도 하지 않았다. 아무 반응도 할 수 없어 그저 잠자코 있었다. 머리가 자리에서 일어나 가라고 명령했지만 다리가 말을 듣지 않았다. 또다시 머리가 남학생의 눈을 똑바로 보고 그런 은밀한 침입을 그만두라고 외치라 했지만, 마리사의 시선은 그의 목에 고정되어 있었다. 그녀의 머리는 무슨 손짓이라도 하라고 했지만, 심장이 얼어붙어 있었다. 마음이 너무도 어지러워서 마리사의 내면에 양분된 뭔가가 하나 더 있는 것 같았다.

헐벗은 마리사의 내면은 불안, 초조, 혼란을 비롯한 여러 가지 감정으로 가득했다.

"안녕."

마리사는 깜짝 놀랐다.

이번에는 모든 것이 한꺼번에 반응했다. 고개를 돌리고, 그 남학생을 쳐다보고, 자신의 옆에 부드러운 미소를 머금고 서 있는 그를 발견한 것이다. 마리사의 심장이 다시 뛰기 시작하더니 쉴 새 없이 움직였다. 정말 바보 같았다.

"안녕하세요."

마리사가 대답했다. 그러자 남학생이 말했다.

"여기 앉아도 될까?"

4

앉아도 되냐고?

"네, 물론이죠."

물론이죠?

"고마워."

남학생은 마리사를 마주 보고 앉았다. 가지고 있던 책을 탁자 위에 올려 두고 마리사의 마음을 적시는 환한 미소를 날렸다.

그 미소를 보자 마리사는 더 벌거벗은 기분이었다.

반짝이는 눈빛과 가지런한 치아는 차분하고 조화로운 인상을 주었다. 아름답고, 따뜻하고, 솔직하고, 친근한 미소였다. 옆에서 내리쬐던 햇볕 때문에 남학생의 얼굴에는 음영이 선명하게 드리워져 있었다. 마리사는 이제 아말리아가 그를 두고 쌈박했다고 했는지, 아니면 죽인다고 했는지 잘 기억이 나지 않았다. 확실한 건 아말리아가 그보다 더한 말을 할 것이라는 거다. 가까이서 본 그는 더욱 멋있었다. 가까이서 전해지는 느낌은 생각보다 훨씬 더 강렬했다. 다만 성격이 좀 소심해 보였지만 어차피 겉으로 드러나지 않았고 표정이나 행동도 자연스러워 크게 신경 쓰이진 않았다.

"방해한 건 아닌지 모르겠네."

"아무것도 안 하고 있었어요."

"그래. 근데 나 원래 여자한테 다가가서 이렇게 불쑥 말을 거는 타입은 아니야."

그럼 그는 어떤 타입이란 말인가? 여자를 미소로 녹이는 타입? 아니면 달콤한 눈빛으로 여자의 마음을 사로잡는 타입?

마리사는 이렇게 묻고 싶었지만 겉으로는 다른 말을 했다.

"할부로 백과사전이나 영어 교재를 팔려는 건 아니겠죠?"

왜 이렇게 바보 같은 말이 나왔을까.

그런데 의외로 남학생은 피식 웃음을 터뜨렸다.

"모든 남자들은 좋아하는 여자가 있으면 그 여자가 말도 안 되는 소리를 해도 웃기 마련이야. 걔도 마찬가지고."

아마도 아말리아라면 이렇게 말했을 것이다.

마리사는 아말리아의 반응을 상상하다 그만두었다. 아말리아 생각은 이제 그만해야 했다. 어차피 그와 함께 있는 건 마리사뿐이었으니까.

"아무것도 안 팔아. 그냥 한 가지 제안을 하고 싶어서 말이야……."

남학생은 이 말을 하며 서둘러 덧붙였다.

"물론 순수한 제안이야."

마리사는 장난스럽게 맞장구치려는 마음에 언뜻 '그렇다니 실망인데요.'라고 대답하면 어떨까 생각했다. 혹시 장난이 아니었을까? 마리사는 이런 생각만으로도 얼굴이 화끈 달아올랐다. 남학생이 마리사의 대답을 기다리고 있었기에 둘 사이의 침묵은 더 길게 느껴졌다. 탁자 위에 놓인 책 중 하나는 제목이 《드라마 이론》이었다. 다른 책은 뒤집어져 있어 앞표지가 보이지 않았다. 세 번째 책은 윌리엄 서머싯 몸의 소설 《면도날》이었다.

그 남학생은 손도 참 예뻤다.

"어떤…… 제안인데요?"

마리사는 가까스로 대답했다.

"혹시 연기해 본 적 있니?"

"무슨 말인지…….."

"그러니까, 사람들 앞에서 연기해 본 적 있냐고."

작업 거는 방식이 상당히 흥미로웠다. 게다가 이렇게 괜찮은 남자가 마리사에게 작업을 거는 건 처음이었다. 하지만 마리사는 이런 데 경험이 없어서 경계를 늦추지 않았다.

"저요? 아니요, 한 번도 없어요."

"내가 학기 말에 학교 무대에 올릴 작품을 만들고 있거든. 그래서 요즘 극단도 꾸리고 캐스팅도 하러 다니는 중이야."

"그 작품이랑 제가 무슨 상관이죠?"

"널 여러 번 본 적이 있어. 학교랑 이 근처에서……. 너라면 관심 가질지도 모른다고 생각했어."

"진심이세요?"

"당연하지."

그는 짐짓 심각한 표정을 지었다.

"하지만 전 연기는 전혀 모르는걸요."

"내가 보기엔 너는 힘과 개성이 있어."

남학생이 말했다.

"물론 배역에 딱 어울리는 얼굴도 가졌고."

마리사는 웃어야 할지 아니면 의심의 눈초리를 보내야 할지 고민에 빠졌다.

"힘과…… 개성이요?"

마리사가 얼굴을 찡그리며 말했다.

"난 어릴 때부터 배우들과 함께 지내서 사람 보는 눈이 있어. 경험이 없고 한 번도 연기할 생각을 안 한 거랑 실제로 무대에서 잘하는 건 별개야."

"제가 무대에서 잘할 거 같아요?"

"응."

남학생이 단호하게 말했다.

"왜요?"

"이런 건 딱 느낌이 오거든. 움직이는 방식, 어투, 손짓, 시선 같은 것만 봐도 알 수 있어. 속에 잠재되어 있어서 너 자신도 모를 수 있지."

"그쪽이 헛짚은 거일 수도 있잖아요."

"그럴 수도 있지."

남학생이 맞장구를 쳤다.

"하지만 시험해 보지 않으면 너나 나나 절대 알 수 없는 거잖아."

"전 늘 제가 소심하다고 생각했어요. 무대에 서는 건 어림도 없다고요."

"나보다 소심하진 않을 거야."

"설마요."

"정말이야. 아마 그래서 배우가 되고 싶은 건지도 몰라. 무대 위에서는 나를 버리고 내가 연기하는 인물이 되거든. 결단력 있고, 용기 있고 강인한 인물을 연기하면 나도 그렇게 되는 거야. 그럴 때는 카타르시스를 느껴. 갑갑했던 것이 풀어지는 기분이랄까."

"예전부터 배우가 되는 게 꿈이었어요?"

"부모님 두 분 다 배우셔."

남학생이 체념한 듯 말했다.

"어릴 적부터 부모님 흉내를 내기도 하고, 연극의 한 장면을 연습하거나 변장도 하면서 놀았지. 배우가 되는 건 타고난 내 운명 같아."

"전 제가 뭐가 되고 싶은지 전혀 모르겠어요."

마리사가 말했다.

"상관없어. 사람들 절반은 그럴걸?"

"뭐 한 거 있어요? 직업으로서 말이에요."

"돈 몇 푼 벌려고 예전에 영화 몇 편에 시답잖은 엑스트라로 출연한 적이 있어. 난 진지하게 준비하고 싶어."

그가 말했다.

"무엇보다 배우의 아들이라는 이유로 큰 기회를 잡는 건 싫어. 부모님이 유명한 건 아니지만 어쨌든. 그리고 일이 년 하면서 이미지가 고정되거나 소진되는 텔레비전 청춘 드라마도 별로야. 난 연극이 좋아. 배우로서 제대로 단련할 수 있거든. 난 평생 연기를 할 생각이라 서두르고 싶지 않아."

"그래서 그 작품을 맡게 된 거군요."

"응. 다들 잘될 거라고 했어. 나로서는 기쁜 일이지."

"암튼 그 제안엔 대답하기 어렵네요."

"생각해 봐."

"생각할 것도 없어요. 그저 내가 연기를 할 수 있다고 생각한 게 어이없을 따름이에요."

"왜 해 보지도 않고 그래? 언제 한번 학교 극장에 들러 줘."

마리사는 항상 학교가 작은 도시 같다고 생각했다. 이제 그 생각에 확신이 들었다. 매일 다양한 연령대의 학생들 천이백 명이 학교에 간다. 그들은 서로 잘 어울려 다니지도 않고, 그럴 시간도 없었다. 서로 알고 지내기는커녕 파티오(건물에 둘러싸인 안마당 같은 공간으로 스페인 건축 양식의 특징적인 공간이다—역주), 복도, 운동장 혹은 극장에서 마주치는 것조차 하늘의 별 따기였다. 마리사는 같은 반 친구의 얼굴도 잘 기억이 나지 않았다.

마리사는 다시 남학생의 책을 바라봤다. 그가 알아차리고는 말했다.

"《면도날》이야."

남학생이 책을 가리키며 말했다.

"읽어 봤니?"

"아니요."

"난 이 책을 열두 살 때 처음 읽었는데 정말 재밌더라고."

남학생은 책을 마리사에게 건넸다.

"열다섯 살에 다시 읽기 시작했는데 지금이 세 번째야. 배경이 된 시대 때문에 옛날 책처럼 보일지도 모르지만 난 그 책의 남자 주인공이 참 마음에 들어. 어릴 때는 그 아이처럼 되겠다고 생각하기도 했지."

"어떤 인물인데요?"

"좋은 사람이야. 그 이상도 그 이하도 아닌."

'좋은 사람이야. 그 이상도 그 이하도 아닌'. 아무것도 아닌 듯 보이지만 어쩌면 그게 전부일지도 몰랐다.

"이 소설을 영화화한 작품이 두 편이나 있어."

남학생이 말을 이어 나갔다.

"하나는 타이론 파워가 나온 영화인데 흑백 영화이고 오래되긴 했지만 상당히 좋은 작품이야. 다른 하나는 빌 머레이가 출연한 건데 더 최근 작품이고 컬러 영화야. 좀 무섭기도 하지. 머레이가 진지하고 내면이 강한 역할을 한다는 게 상상이나 돼?"

"저 머레이가 누군지 모르는데요."

마리사가 실토했다.

"출연한 작품이 〈고스트 버스터즈〉랑 또……"

남학생은 영화 이름을 줄줄이 대려다 말을 멈췄다.

"그게 중요한 게 아니지. 저기 있잖아."

남학생이 얼굴을 찌푸리며 시계를 들여다봤다.

"생각해 볼래?"

"아니요."

"생각해 봐. 진짜로."

남학생은 마리사를 손가락으로 가리키며 자리에서 일어났다.

"나 포기하지 않을 거야. 어디에 가면 너를 만날 수 있는지도 안다고."

남학생이 눈을 찡긋해 보였다. 마치 '나는 네가 지난 여름에 한 일을 알고 있다.'라고 하는 것 같았다.

"참, 내 이름은 루이스 엔리케야."

"전 마리사예요."

둘은 악수를 했다.

"나중에 보자."

루이스 엔리케가 인사를 했다.

"네."

그가 그녀 곁에서 멀어졌다. 아말리아가 자리를 떴을 때와 같은 기분이었다. 루이스 엔리케에게는 자석 같은 끌림이 있었다.

근처에 있던 두 여학생이 관심이 있는 듯 루이스 엔리케를 쳐다봤다. 한 여자는 의미심장한 표정으로 옆에 있는 친구를 팔꿈치로 찔렀다. 다른 여자는 삼십 대로 보였는데 두 여학생의 행동을 보고 궁금했는지 고개를 돌려 바라봤다.

어쨌든 결국 마리사에게 작업을 건 게 아니었다.

어쩌면 맞을지도 몰랐다.

지나봐야 알겠지만.

5

마리사는 읽어볼 만한 책인지 고민하며 《면도날》의 책장을 넘기고 있었다. 그 책을 읽게 된 것은 전적으로 호기심 때문이었다. 얼마 전, 부모님 책장에 빼곡히 꽂혀 있던 책들 사이에서 바로 그 책을 발견했던 것이다. 알고 보니 마리사의 부모님도 예전에 그 책을 읽으셨다.

"아주 좋은 책이야. 처음 읽었을 때 큰 감명을 받았지."

마리사의 아버지가 말했다.

"영화도 참 좋았잖아요."

어머니가 거들었다.

그 몸이라는 작가가 1965년 아흔이 넘은 나이에 세상을 떠났기 때문에 집에 있는 책은 몸이 죽은 후에 발간된 것이었다. 마리사는 공감할 수 있는 주제를 다룬 요즘 시대의 책이 더 좋았다. 하지만 내용이 무엇이든 간에 좋은 이야기라면 언제든지 사양하지 않고 읽었다.

발견해야 할 것이 너무도 많았으니까 말이다.

마리사는 루이스 엔리케의 이상한 제안에 대해 생각하며 몇 단락을 읽어 보았다. 두서없이 훑어보면서도 마리사는 계속 망설이고 있었다. 학교 무대에 올리는 작품이기는 하지만 내가 배우가 된다니? 하지만 안 할 이유는 또 뭐란 말인가. 자신에게 맞는 적성을 찾거나 인생이 달린 여러 가지 선택을 하기 전에 우선 진정으로 자신을 탐색하고, 자신의 한계와 역량을 발견해야 하지 않겠는가. 자신의 참모습을 알고 싶다면 우선 수영장 물속에 머리부터 담그고 봐야 하는 건지도 모른다. 마리사는 직업적인 것—결국 그녀도 느꼈듯이 다른 것보다 중요하지 않은 거였지만—뿐만 아니라 개인적인 고민도 하고 있었다.

마리사는 며칠 동안 자신과 몸과 마음에서 참 이상야릇한 기분을 느꼈던 터라 이제는 전부, 아니 거의 전부 시험해 보기로 했다.

마리사는 두려웠다.

두려움은 마리사에게 무척 새로운 단어였다.

마리사는 이제까지 두려움에 빠졌던 적이 단 한 번도 없었다. 인생이란 마리사의 양옆을 지나가는 무엇인가였다. 항상 멀찌감치 떨어져 인생을 바라봤으므로 주위의 영향을 받지도 않았다. 하지만 이제 마리사의 인생은 정거장에 서 있는 기차처럼 그녀 앞에 멈춰 있다. 마리사는 푸념하고 있는 자신의 인생을 더 이상 모른 척할 수 없었다. 이제 피할 수도, 관심 없는 척을 할 수도, 고개를 돌릴 수도 없었다. 그러기엔 너무도 강렬했던 것이다.

"가슴이 답답해."

마리사가 중얼거렸다.

대체 무슨 일이 벌어지고 있었던 걸까? 무엇이, 왜?

이런저런 생각들은 마리사의 방문이 열리자 한숨에 쓸려 나갔다. 부모님은 항상 들어오기 전에 노크를 했기 때문에 방문을 연 건 그녀의 언니, 차리였다. 마리사는 고개를 들어 쳐다보지도 않았다.

"마리사."

차리가 말했다.

"네 것 좀 봐도 돼?"

차리가 말하는 '네 것'은 마리사의 옷이었다. 마리사가 집에 있었으니 망정이지 아니었으면 그냥 들어와 마음에 드는 옷을 가져갔을 것이다. 아무런 죄책감 없이.

차리는 언제까지나 마리사의 언니일 테니 불만스러워도 어쩔 수 없었다.

"그래."

마리사가 포기한 듯 말했다.

차리는 이미 방 안에 들어와 문 옆의 옷장 근처에 서 있었다. 니코틴 대용으로 껌을 질겅질겅 씹으면서. 집에서는 아무도 담배를 피울 수 없었는데 차리는 하루에 한두 갑을 필 정도로 골초였다. 마리사는 차리에게 옷을 빌려 주고 나면 아무리 빨아도 속이 울렁거릴 정도로 담배 냄새가 남아 있는 것이 제일 싫었다.

마리사는 차리가 옷장을 열고 매서운 눈으로 안을 휘젓기 시작하는 것을 지켜봤다. 당장은 입어 볼 옷을 꺼내지 않았지만 어차피 그건 시간문제였다.

"뭘 읽고 있는 거야?"

차리가 물었다.

"그냥 뒤적거리고 있는 거야."

"그러다 뇌도 뒤죽박죽 되는 거 아니니?"

"그럴 뇌라도 있으면 좋겠네."

"암튼 웃긴다니까."

차리는 마리사보다 거의 세 살 위였다. 불과 이 주 전에 열아홉 살이 됐기 때문이다. 말로는 설명할 수 없는 운명과 천성 탓에 둘의 외모는 전혀 달랐다. 마리사는 차리보다 훨씬 더 예뻤다. 차리가 이런 부족함을 거침없는 성격으로 메우긴 했지만. 그러나 신체적으로는 똑같았다. 사이즈도, 비율도, 외모를 꾸미는 취향도 같았다. 이것을 제외한 나머지는 밤과 낮처럼 완전히 달랐다. 차리는 성질이 급했다. 뭐든지 후다닥 해치워야 직성이 풀렸다. 늘 초조하고 신경질적이기도 했다.

차리의 철학은 굉장히 단순한 개념 몇 가지로 요약됐다. 차리는 '잠깐만', '지금', '이제' 등의 말을 입에 달고 살았다. 삼십 분 후에 살아 있을지 죽었을지도 모르는 판에 내일을 생각하는 건 아무 소용없다는 게 지론이었다. 예전에는 둘이 지금보다 훨씬 더 많이 싸웠다. 몇 달 전, 아니 한 일 년 전쯤부터는 더 이상 싸우지 않았다. 차리가 보기에 마리사는 늘 걱정이 많았다. 그리고 마리사가 보기에 차리는 아무 생각 없이 되는대로 사는 것 같았다. 외계인 둘이 함께 살고 있는 셈이었다.

하지만 두 자매는 서로 사랑했다.

사실 차리는 사람들이 마리사에게 '귀엽다.', '예쁘다.' 또는 '사랑스럽다.' 라고 하는 것을 하도 오랫동안 들은 탓에 종종 동생을 질투하곤 했다. 마리사는 열한 살인가 열두 살 때까지 차리의 이런 자격지심을 제대로 파악하지 못했는데, 알아차렸을 때는 이미 다 지나간 후였다. 그제야 마리사는 자긴 그렇게 생각하지 않으니 그런 말에 신경 쓰지 말라고 차리를 위로했다. 사실 그렇게 하는 것 외에는 별다른 뾰족한 수가 없었다. 차리 특유의 보호 본능과 공격성 그리고 강단은 어린 시절 자격지심 때문인지도 모른다.

하지만 분명 둘은 서로 많이 사랑했다.

"이건 어때?"

차리가 발랄해 보이는 빨간색 치마를 꺼내 들었다.

"너 이거 잘 안 입지? 정말 예쁘다."

"좀 튀지 않아?"

"튀기는."

차리는 치마를 내려놨다. 이번에는 청바지와 위쪽 옷걸이에 걸려 있던 주황색 탑 차례였다.

"너 이거 언제 샀……."

차리는 말을 채 끝내기도 전에 청바지를 내려놓고 탑을 집어 들었다.

"이거 딱이다!"

마리사는 여전히 침대 위에서 언니를 바라보고 있었다. 책은 어느새 침대에 팽개쳐 둔 채였다.

차리는 순식간에 입고 있던 블라우스를 벗어 던졌다. 브래지어를 차지 않아 가슴이 거울에 훤히 다 들여다보였다. 차리의 가슴은 마리사보다 끝이 더 뾰족해서 도전적인 인상을 풍겼다. 탑은 마치 맞춤옷인 양 꼭 맞았다. 차리는 거울로 정면과 양 옆모습을 열심히 관찰하더니 문득 물었다.

"넌 이거 왜 안 입어?"

"너무 튀는 것 같아서."

마리사가 말했다.

"말도 안 되는 소리 좀 그만해."

차리는 거울로 마리사를 힐끔 쳐다봤다.

"어차피 있으면 그냥 입으면 되는 거 아냐? 입지도 않을 거면서 뭐

하러 샀대. 너 이거 충동구매한 거지?"

"맞아. 나중에 후회했잖아. 그나마 잘 입어 주는 언니가 있어서 다행이지 뭐."

"너보단 내가 더 잘 이용하긴 하지. 어때? 잘 어울려?"

"솔직하게 말해 줘?"

"당연하지. 어떤데?"

"환상적이야. 여전히 너무 튀긴 하지만."

"정말?"

차리가 능글맞은 웃음을 보였다.

"이게 내가 입어도 돼?"

"물론이지."

"아싸!"

차리는 잔뜩 들떠서 아랫입술을 깨물었다.

"이거 입으면 너무 예쁘겠다."

"누구랑 데이트 하는데?"

"페르난도랑."

"언니를 꽤 오래 버텨 내는데?"

"내가 이렇게 변할 줄 누가 알았겠니?"

차리가 손가락을 튕기며 말했다.

차리는 자신의 말대로 '그렇게' 변했지만, 마리사는 입을 다물었다.

어찌 됐건 페르난도와는 진지하게 만나는 것 같았다.

페르난도 생각만 하면 마리사는 몸서리가 쳐졌지만.

차리는 고른 옷을 챙기더니 동생이 둔대로 옷장을 가지런히 정리했다.

마리사의 방에 들어가는 건 위험한 도박을 하는 것과 같았다. 아무도 마리사의 방에 들어갈 엄두를 못 냈는데 혹여나 마리사의 물건을 건드렸다간 분노에 찬 잔소리가 날아오기 때문이었다. 이는 빨지 않아야 할 것을 빨거나 괜한 물건을 정리했다가 마리사에게 잔소리만 잔뜩 듣는 가정부도 마찬가지였다. 차리의 말에 따르면 가정부가 정리하고 나면 마리사가 자신의 물건을 찾지 못하는 일도 있었는데, 그럴 때면 가정부는 그 '돼지우리'에 들어간 적이 없다고 고개를 절레절레 흔들기 일쑤였다.

"암튼 고마워. 너무 착하다니까."

차리는 탑을 입은 채 방문 쪽으로 걸어가며 말했다.

"페르난도한테 탑을 물어 뜯겨 오지나 마."

"못됐어!"

사실 마리사는 못된 성격은 아니었다. 어쩌면 지금은 그럴지도 모르지만.

차리는 윙크를 하고는 마리사를 다시 혼자 남겨뒀다. 욕실로 가는 복도에서 차리가 콧노래를 흥얼거리는 게 들렸다. 마리사는 다시 책을 집어 들고 첫 페이지를 찾아 읽기 시작했다.

집중하는 게 힘들었지만 결국 해냈다.

6

저녁 식사는 가족의 영역이었다. 평일에는 네 식구의 시간을 맞추기 어려워 다 같이 점심을 먹는 일이 드물었다. 하지만 저녁은 어길 수 없는 약속 같았다. 함께 저녁을 먹는 것은 부모님이 정한 여러 엄격한 규칙 중 하나였다. 적어도 월요일에서 목요일까지는 무슨 일이 있어도 지켜졌다. 하지만 금요일과 토요일은……

마리사의 어머니는 음식을 다 먹어갈 때쯤 폭탄선언을 했다.

평소 허겁지겁 먹는 차리가 탁자에서 일어나려던 참이었다.

"이번 주말에 프란시스카 이모 집에 가기로 했어."

프란시스카 이모는 깊은 산속 어딘가, 나무 한 그루 없지만 직접 '자연' 이라 부르는 곳에 집 한 채를 가지고 있었다. 사실 그곳은 차리의 말을 빌리자면, '신이 모자를 잃어버린 다섯 번째 소나무' (스페인에서 아주 먼 곳을 지칭할 때 사용하는 관용적인 표현이다-역주)에 가까웠다. 가장 가까운 마을이 오 킬로미터 거리에 있었고 주말을 이용해 내면의 평화를 얻으려는 도시 사람들로 북적였다. 결국 지치긴 마찬가지지만 그들에게는 '다르게' 보이는 활동을 하면서 일상에서 벗어나 평화를 찾기 위한 선택이었다.

그들은 주로 잔디를 다듬거나 텃밭을 가꿔 토마토를 심고, 물이 새는 곳이나 창문 혹은 배수구를 손보는 일 따위를 했다. 상상만 해도 가

숨이 답답해지는 그런 일들 말이다. 일상에 지친 도시 사람들은 별장에서 주변 사람들과 뭔가를 나누고 싶어 했다. 그래서 주말이면 자의건 타의건 파에야(스페인식 해물 볶음밥이다-역주), 생선구이, 바비큐 아니면 아무 음식이나 해 먹으려는 가족들로 별장이 북적였다. 열두 명, 열다섯 명, 스무 명의 사람들이 오가며 냉장고를 비워 나갔다. 어머니가 아이들에게, 아이들이 아이들에게, 삼촌이 외숙모에게, 손자들이 할머니에게 외치는 소리가 하늘을 찔렀다. 이웃들은 이런 소리에 깜짝 놀라거나, 비슷한 가족 모임이 있으면 경쟁이라도 하는 분위기였다.

정말 생각만 해도 진저리가 났다.

그래서 차리가 선수를 쳤다.

"전 안 가요."

별다른 핑계도 대지 않았다. 가기 싫다고 하면 그만이었다. 마리사도 한발 늦긴 했지만 어머니가 당연히 같이 갈 거라 생각하기 전에 반응했다.

"전 공부해야 해요."

마리사의 아버지는 아내에게 모든 것을 떠넘기고 자동으로 이 싸움에서 밀려나 있었다. 어머니는 큰딸이 아닌 작은딸을 겨냥했다.

"거기서 공부하면 되잖아."

어머니가 말했다.

"엄마! 그런 정신 병원 같은 데서 어떻게 공부하란 말이에요!"

"맹세코 아무도 널 방해하지 않을 거야. 조카 아우로라를 돌보는 일도, 심부름을 하는 일도 없을 거야."

"엄마, 어쨌든 싫어요."

"어디 한번 해보겠다는 거야?"

어머니는 팔짱을 끼더니 남편을 쓱 쳐다봤다. 의심 어린 어머니의 시선이 차리를 지나 마리사에게 던져졌다.

"우리는 주말을 좀 편안하게 보낼 수 없는 거니?"

"엄마도 참. 편안한 거랑 이거랑 무슨 상관이에요?"

"올 거지?"

마리사는 기분이 엉망이었다.

"아니요, 엄마."

마리사가 단호하게 말했다.

"어쩜 한 번을 안 가니?"

"이건 말도 안 돼요."

마리사는 차리를 끌어들이기 싫었지만 어쩔 수 없었다.

"언니는요?"

"너 뭐야?"

차리가 외쳤다.

"차리는 이제 다 컸잖니."

어머니가 말했다.

"사촌 언니 돌로레스가 항상 저한테 뭔가를 물어보는데 어떻게 대답해야 할지 모르겠단 말이에요."

"아무 말도 안 하면 되잖니?"

"말은 쉽죠. 그랬다가는 아마 이럴걸요? '걔 너무 내버려 둔 거 아니니', '요즘 젊은 애들은 정신이 나갔다니까', '에이즈랑 청소년 임신 문제를 보면……', '자동차 사고로 죽는 사람들이랑 엑스터시 있잖아'······. 왜 내가 바보 같은 돌로레스 언니 뒤치다꺼리해야 해요?"

"가족이잖니······."

"그놈의 가족 때문에 만날 부딪히잖아요!"

마리사가 소리를 질렀다.

"엄마, 친구는 고를 수 있지만 가족은 그렇지 않잖아요. 그게 얼마나 짜증 나는 건지 아세요?"

"엄마."

차리가 끼어들었다.

"엄마도 인정하세요. 우리가 다 모이면 마흔 명이나 돼요. 가족이 아니라 무슨 군대 같다고요."

"이모네 입장에서 생각해 봐."

어머니가 차리를 나무랐다.

"마리사 말도 일리가 있어요."

마침내 차리가 마리사의 편을 들었다.

"공부해야 한다고 하면 공부하게 내버려 둬야죠. 낙제라도 하면 난리 치실 거면서."

"어쨌든······."

어머니는 계속 팔짱을 낀 채 딸들을 슬프고도 심기 불편한 눈으로 바라봤다.

"남 험담하기만 좋아하는 사람들인 거 언제쯤 아실래요?"

마리사가 고집을 피웠다.

"제가 가든 안 가든 뒤에서 욕할 게 분명해요. 그렇다면 차라리 안 가는 게 낫잖아요. 그리고 저 정말 공부해야 해요."

"알았다."

어머니는 남편을 쳐다봤다.

알폰소는 중립을 지키기라도 하듯 천천히 껌을 씹고 있었다.

"여보, 무슨 말이라도 좀 해 봐요."

어머니가 재촉했다.

"무슨 말을 하라는 거야?"

아버지는 어깨를 으쓱해 보였다.

"이 문제라면 애들 말이 맞아. 나도 안 갈 핑계라도 있었으면 좋겠네."

"여보!"

차리와 마리사가 웃음을 터뜨렸다. 그러자 어머니가 다시 딸들을 향해 절정에 다다른 분노를 터뜨렸다.

"집에 남아 있는다고 해서 니들 멋대로 할 수 있을 거라 생각하지 마! 알았어? 절대 그렇게 안 둘 거니까."

"오 분마다 전화라도 하시려고요?"

차리가 물었다.

"그거야 두고 보면 알지!"

어머니가 협박조로 말했다. 남편에게도 마찬가지였다.

"당신이 애네 좀 설득해 봐요!"

"온종일 입이 쭉 나온 걸 보면서?"

"그래, 좋아요. 내가 졌어요!"

어머니가 포기하고 자리에서 일어났다. 하지만 두 자매는 이 전쟁이 부모님이 떠나는 금요일 오후까지 계속되리라는 것을 알았다.

"내가 가만히 있을 줄 알아? 이건 말도 안 돼!"

어머니는 후식을 가지러 주방으로 갔다.

마리사의 아버지는 두 딸을 한 명씩 번갈아 봤다.

"너희들 참 뻔뻔하다."

아버지가 말했다.

"아빠……."

차리가 지친 기색을 보였다.

"그게 아니라, 날 혼자 두니까 하는 말이야."

마리사는 자리에서 일어나 아버지를 뒤에서 꼭 끌어안았다. 아버지는 가끔 완강하고, 냉정하고, 소리를 버럭 지르거나 이유 없이 화를 내기도 했지만 정도를 벗어나지는 않았다. 무엇보다 두 딸을 끔찍이도 아꼈다.

"아빠, 나 정말 공부해야 해요."

마리사가 말했다.

"너희 이모에게 별장이 생긴 이후로 이모 때문이든 엄마 때문이든 주말마다 거기서 보내게 되는 건 사실이잖니."

"그래 봤자 이모네 가족끼리 늘 똘똘 뭉치는 거 잘 아시잖아요."

"놀랄 정도예요."

차리가 말했다.

"따로 떼어 놓으면 서로 죽일 듯이 으르렁대면서, 함께 있으면 전 세계가 덤벼도 싸울 기세라니까요. 우리가 아빠를 닮은 게 천만다행이지."

"나한텐 사촌 둘과 이모 둘밖에 없으니까 그렇지."

"그러니까요."

마리사가 아버지의 뺨에 입맞춤을 했다.

"그런데 오 분마다 전화하는 건 나야, 알겠지?"

아버지는 다시 엄한 분위기로 으름장을 놨다.

"내가 그냥 넘어갈 거라 생각하는 건 아니겠지?"

7

마리사는 아말리아를 만나자마자 그 얘기를 했다. 함께 학교로 걸어가는 길이었다.

"어제 그 금발 머리 애가 나한테 말 걸었어."

"정말?"

"카페에 있다가 네가 가자마자……."

"얼버무리지 말고 말해 봐. 그래서 어떻게 됐는데? 응?"

아말리아가 흥분해서 말했다.

"별거 없었어."

마리사는 대수롭지 않게 말했다.

"이름이 루이스 엔리케래."

"나쁘지 않네. 복합 이름(성을 제외한 이름이 두 단어 이상으로 이루어질 경우 복합 이름이라고 한다-역주)이군. 너한테 뭐라고 하디?"

"학기 말에 무대에 올릴 연극에 배우로 출연해 달래."

"우리 학교에 다니는 애야?"

"응."

"세상에. 수업 시간 제때 맞추는 것보다 걔를 좀 더 탐구했어야 하는데. 복도에서 딴 애들이랑 어울리다 흩어지는 거 대신 말이야."

마리사가 한 말을 다시 떠올리자 아말리아의 목소리와 표정이 달라졌다.

"걔가 뭐라고 했다고?"

"연극 작품에 출연해 달라고."

"와, 장난 아니다!"

아말리아가 말했다.

"작업 걸려고 한 말이 아니야. 나한테 소질이 있을 것 같대."

아말리아는 계속 걸어가면서 마리사를 찬찬히 살펴봤다.

둘은 수다를 떨려고 늘 수업 시작 오 분 전에 먼저 만났기 때문에 걸음은 차분했다.

"너 나한테 아직 말 안 한 거 있지?"

아말리아는 흥미로우면서도 의심스러운 눈빛으로 물었다.

"몰라. 배우래. 부모님도 그렇고. 진지하게 말하는 것 같았어."

"너는 뭐라고 대답했는데?"

"내가 뭐라고 했길 바라는 거야? 그냥 흘려들었어. 내가 무슨 연기를 해 본 적이 있어야지."

"그게 끝이야?"

아말리아가 짐짓 놀란 표정으로 물었다.

"응."

"그냥 그렇게 도망가게 한 거야?"

"도망가게 한 거 아니야."

마리사는 괜스레 기분이 상했다.

"잠깐 대화를 나누긴 했어."

"그리고?"

"아무것도 없었어."

마리사는 아무렇지 않은 듯 말했다.

"오 분이었는걸."

"근데 그 오빠 어떻디?"

"괜찮았어."

"그 정도면 끝내주는 거지!"

아말리아가 계속 부추겼다.

"내가 너라면 그 오빠한테서 눈을 못 뗐을 거야. 암튼 내가 뭘 알겠냐만 네가 오스카상 후보라고 해도 전혀 이상하게 들리지 않을 거 같은데? 내가 전에도 여러 번 말했잖아. 네가 스스로 껍질을 깨고 나오는 날……. 어찌 됐든 그 오빠가 그런 제안을 한 건 너한테 뭔가 있기 때문이라니까."

"어젯밤 그 오빠가 읽고 있던 《면도날》이라는 책을 읽기 시작했어. 주인공처럼 되고 싶어서 좋아하는 책이래."

"무슨 내용인데?"

"자기 자신을 찾아가는 소년에 대한 이야기야. 정직하고, 착하고, 자신만의 가치관과 꿈 그리고 희망이 있고, 물질적인 것을 거부하는 그런 아이야."

"기대가 크면 실망도 큰 법이지."

아말리아가 불쑥 말했다.

"그 소설 말이야."

"난 마음에 들던데."

"소설? 아니면 그 오빠?"

"소설!"

마리사가 짜증 난다는 투로 말했다.

"이제 그만 좀 해!"

"토요일에 그 오빠 데리고 오는 거 어때?"

"그만 좀 하라고 했지?"

"학교 극장에 가서 어떤지 보고 와."

"너라면 그러고도 남겠지."

"잘 들어 봐! 너도 한번 생각해 봐. 새로운 경험을 해 보는 것도 좋잖아."

아말리아의 말이 맞았다. 마리사도 같은 생각이었다. 안 할 이유는 또 뭐란 말인가? 하지만 마리사는 아말리아에게 그 말을 하지는 않았다. 그보다는 아말리아의 입을 다물게 하고 싶었다. 마리사는 갑자기 밀려들어 온 커다란 불안감에 어깨를 움츠렸다. 스스로가 너무도 나약해진 것처럼 느껴졌다.

"토요일에……."

마리사는 루이스 엔리케에 대한 이야기는 그만하고 싶었다.

"우리 사냥 가기로 한 거, 기억하지?"

"안 그래도 말하려던 참이야. 그날 부모님도 집에 안 계실 거야."

"주말 내내?"

"응."

"잘됐다! 너희 집에서 같이 자야지."

"아빠가 허락하시겠어?"

"지금 상황을 봐선, 어차피 아빠는 고민거리에 휩싸여 있어서 나한텐 신경도 안 쓰셔. 전혀 간섭도 안하고 너그럽다니까. 아빠는 나까지 잃게 될까 겁내는 것 같아. 아니면 나중에 모든 게 지나고 제자리를 찾았을 때 내가 아빠보다 엄마를 더 따를까 봐 걱정하시는 걸지도 모르지."

"힘드시겠다."

"아마도."

아말리아는 바닥을 내려다봤다. 마리사는 아말리아가 그런 일을 겪으면서도 어떻게 에너지가 넘치는지 의아했다.

"그런데 말이야."

아말리아는 다시 마리사를 바라봤다.

"그건 부모님의 인생이야. 부모님이 나한테 그 얘길 한 이후로, 같은 상황이라면 나라도 그랬을 거라고 애써 위안하는 중이야. 우리 엄마가 한 짓 말고 이혼하는 거 말이야. 엄마, 아빠 사이에 아무것도 없다면……."

"하지만 네 인생이기도 하잖아."

마리사가 따졌다.

"아니야."

아말리아는 단호했다.

"이 문제라면 아니야. 딱 한 번 부모님 싸움에 끼어들어 내 생각을 말한 적이 있어. 부모님은 나더러 끼어들지 말라고 했지. 아무것도 모르면서 판단하려고 들지 말라고 하면서. 그래서 다시는 그러지 않겠다고 스스로에게 맹세했어. 아직도 그 맹세는 변함이 없어. 부모님의 인생인 게 맞아. 부모님이긴 하지만 깊이 들여다보면 내가 전혀 모르는 사람들 같아. 부모님의 인생을 속속들이 알 수는 없어. 난 겨우 열여섯 살이고, 부모님을 움직이는 것이 뭔지, 부모님을 가깝게 혹은 멀게 만드는 것이 뭔지 모르거든. 사랑이 뭔지도 모르고, 결혼을 해 본 적도, 엄마가 된 적도 없으니까. 난 아무것도 모르니까. 그렇다고 내가 뭐든 다 안답시고 부모님의 이혼을 막아 보겠다고 랄리처럼 설칠 수 있는 성격도 아니잖아. 난 나야. 그리고 이건 진 싸움이나 마찬가지야. 그래서 그냥 내가 아빠 딸이고 앞으로도 그럴 거라는 거 그리고 항상 아빠를 사랑할 거라는 걸 아빠가 아실 수 있게 노력하려고."

"네 입장에선 꽤나 심사숙고한 거지만, 평범한 상황은 아닌 거 알지?"

"이게 현실인걸."

"네 아빠는 좀 어때?"

"윽!"

아말리아가 얼굴을 찡그리며 말했다.

"시간이 지나면 괜찮아지겠지. 아내가 바람난 것뿐인데."

"엄마는?"

"그건 또 다른 얘기야."

아말리아는 처음으로 맥이 빠져 보였다.

"언젠가는 엄마를 만나러 가 봐야 하잖아."

"이미 얼굴은 보고 살아."

"내 말은, 그 아저씨와 같이 사는 집이랑 엄마의 새로운 환경을 보러 가야 하지 않느냐고. 길에서 만나 오 분 정도 얼굴 보는 거 말고."

"내가 왜 그래야 하는데?"

"아빠 얘기하면서 네가 뭐라고 했어? 마찬가지로 네 엄마이고 앞으로도 그럴 거잖아."

"엄마는 그 바보 같은 놈이랑 놀아나면서 그런 건 다 잊었을걸."

"넌 그 아저씨를 잘 알지도 못하잖아."

"마리사."

아말리아가 짜증 나는 투로 말했다.

"두 번이나 결혼하고 애가 다섯이나 딸린 놈이야. 아마 이 년 안에 이복형제가 생길걸? 아이 낳고 새 삶을 시작하는 게 엄마 꿈이거든. 삼 년이 지나기도 전에 그놈은 엄마를 버리고 다른 여자를 만날 게 분명해. 우리 엄마야 늙어 가는 열혈 몽상가일 뿐이고."

"판단하지 않겠다고 하지 않았니?"

"판단하는 게 아니라 있는 그대로를 말한 거야."

"만일 너희 아빠가 다른 여자랑 바람이 났던 거라면?"

"누가 누구와 그런 게 중요한 게 아니라 그 방식이 문제야. 엄마는 모든 걸 망쳐 놨어. 그 시기도, 방법도 안 좋았거든. 완전히 아빠 뒤통수를 친 거라고. 엉뚱한 소리를 하면서 말이야. 엄마는 솔직하지 못했어."

"아빠가 다시 훌훌 털고 일어나면 넌 어떻게 할 생각이야?"

"무슨 말이 하고 싶은 거야? 나도 몰라. 일이 년 안에 괜찮아져서 팔팔한 이십 대를 데리고 올지, 아니면 능력 있는 사십 대를 데리고 올지."

"아마도 평범한 삼십 대 여자일 거야."

"이제 이런 얘긴 그만하자."

아말리아가 말했다.

"어찌 됐든 무지하게 짜증 나는 일일 테니까. 그때가 되면 내 앞길도 활짝 열려 있길 바랄 뿐이야. 두고 봐. 열여덟 살만 되면 직장을 얻어서 다 끝낼 거니까."

아말리아는 불쑥 마리사를 보더니 덧붙였다.

"우리 같이 살면 어떨까?"

"돈은 어디서 나서?"

"일할 거라고 말했잖아."

"난 아니야. 계속 공부하고 싶거든."

"공부도 하고 일도 하면 되지. 뭐, 그거야 두고 보면 알겠지만. 아직 일 년이나 더 남았으니까."

아말리아가 심드렁하게 말했다.

"같이 사는 거, 넌 어때?"

"나야 좋지!"

벌써 학교가 보였다. 가는 길에는 옆의 초등학교에 부모님의 손을 잡고 가는 어린아이들 무리, 중고등학생, 승객들로 가득 차 기울어진 버스, 줄지어 서 있는 자가용이 한데 어우러져 있었다. 이제 이 분 후면 없는 게 없는 그 거대한 탕, 아니 가마솥 안으로 침몰하는 것이었다.

"자, 이제 다시 그 루이스 엔리케 얘기 좀 해 볼까?"

아말리아가 변함없는 활력을 되찾으며 화제를 전환했다.

"가까이서 보니까 어때? 눈은? 미소는? 자세히 좀 말해 봐."

8

마지막 수업이 끝났다. 마리사는 루이스 엔리케와 마주칠 줄은 상상도 못했다.

그건 우연이 아니었다. 삼 층 복도 끝에 서 있는 걸로 보아 대놓고 마리사를 기다리고 있는 게 분명했다.

루이스 엔리케는 복도를 힐끗거리지도 않았다. 계단으로 내려가려면 무조건 자기 앞을 지나야 했기 때문이다. 루이스 엔리케를 못 보고 지나칠 수 없었던 것이다. 여학생 몇 명이 그를 곁눈질로 보고 있었다.

마리사는 그 옆에 멈추는 걸로도 충분했다.

"안녕하세요?"

"어, 안녕?"

루이스 엔리케가 대답했다.

"널 기다리던 중이야."

"절요?"

"같이 가도 될까?"

"그러세요."

마리사는 약간 머리가 핑 도는 것 같았지만 솔직하게 대답했다. 둘이 두 걸음을 뗐을 때 마리사가 고개를 돌렸다. 아말리아가 마리사를 쫓아 함께 가려고 그쪽으로 뛰어 오고 있었다. 잠깐 화장실에 가는 바람에 마리사와 같이 있지 않았던 것이다. 아말리아는 마리사가 루이스 엔리케와 함께 있는 것을 보자 곧바로 멈춰 섰다.

마리사는 어찌할 바를 몰랐다.

아말리아는 달랐다. 마리사에게 윙크를 하더니 오른손 엄지손가락을 치켜세우고는 미소를 지었다. 그들과 마주치지도, 그들이 가는 길을 막지도 않으려고 그대로 멈춘 것이었다.

마리사는 얼굴이 화끈거렸다.

둘은 계단을 내려가기 시작했다.

"연극 준비는 잘돼 가요?"

마리사가 침묵을 깨며 말했다.

"잘될 거야. 복잡할 게 없는 작품이거든."

"캐스팅은 다 했고요?"

"거의. 그래서 내가 여기에 있는 거잖아. 네 배역은 비워 뒀거든."

"아직 포기하지 않았군요."

"그럼."

"왜 제가 연기할 수 있다고 생각하는지 도통 이해가 안 돼요."

"난 평생 배우들 사이에서 살아왔어. 전에도 말했잖아. 너한텐 뭔가 있어."

"수줍음과 겁이 있긴 하죠."

마리사가 딴청을 부리며 말했다.

"한번 해 봐서 잃을 건 없잖아. 별로 어렵지 않다는 걸 너도 알게 될 거야. 그냥 대사 몇 줄 외워서 최대한 자연스럽게 읊으면 되는 거야."

"배역은요?"

"배역에 흠뻑 몰입하는 게 중요하기는 하지만, 그것도 보기보다 쉬워. 너한테 무슨 셰익스피어 작품에 나오는 인물을 연기하라는 게 아니거든."

"연습은 언제 해요?"

"매주 두 번, 오후에. 부담되는 편은 아니야."

벌써 일 층에 다다랐다. 파티오로 향하는 동안 수십 명의 학생들이 밖이 가까워지자 아우성을 치며 둘의 양옆을 지나가고 있었다. 같은 반 여학생 두세 명이 루이스 엔리케의 옆에 있는 마리사를 유심히 쳐다봤다.

"용기를 내 봐."

"어떤 역할인데요?"

"절대 털어놓을 수 없는 언니의 비밀을 알게 되는 소심한 여자야."

"여보세요!"

마리사가 빙그레 웃었다.

"너 언니 있니?"

"네."

"절대 털어놓을 수 없는 비밀이 있는?"

"그 정도까지는 아니지만……."

마리사는 차마 어디 내놓을 수 없는 언니의 남자친구, 페르난도를 떠올렸다. 둘의 사이가 진지해져 부모님께 소개하면 어떤 일이 일어날지에 대해서도 생각했다.

언니의 남자친구를 아는 것도, 이번 주말에 집에서 단둘이—물론 마리사도 있을 거지만—마음 놓고 보낼 걸 아는 것도 비밀일까?

마리사와 루이스 엔리케는 어느새 거리로 나왔다. 마리사는 묻지도 않은 채 자신의 동네가 있는 쪽으로 발걸음을 향했다. 루이스 엔리케는 '함께 가겠다.'고 했다. 이 말을 있는 그대로 받아들이자면 마리사의 집까지 같이 가겠다는 뜻이었다. 오 분 내지 육 분 동안 둘은 시답잖은 대화를 나눴다. 너무 시답잖다 보니 마리사는 잠시 루이스 엔리케에게 완전히 몰두하지 못하고 마치 파도처럼 왔다 가는 자신만의 생각에 잠겨 있었다.

마리사는 아무리 생각해도 자신이 뭘 해야 하는지 알 수 없었다.

방향을 잃은 것 같은 기분은 계속됐다.

'내가 좋아하는 건 뭘까?' 마리사는 자신이 싫어하는 것은 잘 알고 있었다. 그러나 좋아하는 건……. 그건 다른 문제였다. 묘하게도 지난 몇 주, 몇 달 동안 뭔지도 모른 채 그것을 기다려 왔다. 아마 연극에 출연하는 일 따위일지도 모른다.

마리사는 여러 번 같은 질문을 반복했다. '안 될 게 뭐 있어?', '안 될 게 뭐 있어?', '안 될 게 뭐 있어?'

루이스 엔리케가 결국 눈치채고 말았다.

"너 딴 생각하는 것 같아."

"그 제안에 대해 생각하고 있었어요."

"정말?"

"잘 못하면 소리 지를 거예요?"

"내가 어떻게 너한테 소리를 지르겠니? 즐기자고 하는 일인데. 잘 안되면 네가 먼저 내빼겠지. 나도 그땐 내 판단이 틀렸다는 걸 인정할 테고. 우린 아마추어인걸."

"그쪽은 아마추어가 아니잖아요."

"약간의 경험은 아무것도 아니야. 더군다나 연극처럼 빨리 변하고 정신없는 세계에서는 말이야. '경험은 실수의 다른 이름이다.' 라는 오스카 와일드의 말도 있잖아."

"오스카 와일드가 누군데요?"

"아주 유명한 게이 작가."

"게이인 거랑 유명한 거랑 상관있나요?"

"글쎄."

루이스 엔리케의 표정이 심각해졌다.

"어쨌든 게이들의 감각이 뛰어난 건 사실이야. 패션, 음식, 예술과 관련된 모든 것에서 말이야. 취향도 세련되고."

"게이 친구들 있어요?"

"한 명 있어."

루이스 엔리케가 웃음을 터뜨렸다.

"근데 걘 예술 쪽은 영 꽝이야."

"제가 그 역할을 해 보면……."

"좋았어!"

루이스 엔리케가 환호성을 질렀다.

"잠깐, 잠깐만요. 너무 앞서 가지 말아요."

마리사가 그를 말렸다.

"조건문으로 말했잖아요. 한다는 게 아니라 '해 보면' 이라고요."

"배역에 대해 알 수 있게 연극 대본을 줄게. 주말에 읽어 봐."

마리사가 갑자기 걸음을 멈췄다.

루이스 엔리케는 어떻게 해야 할지, 무슨 말을 해야 할지 몰랐다.

"왜 그래?"

루이스 엔리케가 우물쭈물하며 말했다.

"여기예요."

마리사가 말했다.

루이스 엔리케는 고개를 들더니 그제야 무슨 말인지 이해했다.

"아, 그래."

루이스 엔리케는 뒤통수를 맞은 표정으로 눈을 깜박거렸다.

"대본은 내일 학교에서 만나서 주세요."

마리사가 체념한 듯 말했다.

"알겠어."

루이스 엔리케가 대답했다.

"그럼……."

마리사는 현관으로 들어가려고 했다.

"잠깐만. 전화번호 좀 알려 줄래?"

"뭣 때문에요?"

마리사는 쥐구멍이 있으면 숨고 싶었다. 그런 바보 같은 질문을 하다니.

"혹시나 작품 때문에 전화할 일이 있을까 봐."

루이스 엔리케가 재빨리 대답했다.

마리사는 전화번호를 알려 줬다.

일 분 후, 일 층에서 이 층으로 올라가는 계단에 혼자 선 마리사는 무슨 일이 일어난 건지, 좋아해야 하는 건지, 확신을 가져도 되는 건

지, 만족스러운 건지 알 수 없었다. 하지만 이미 늦었고 주사위는 던져
진 뒤였다.

그래서일까. 마리사는 떨고 있었다.

9

드디어 금요일 밤이었다. 마리사는 흥분으로 잠을 이룰 수 없었다.

오늘 온종일 마리사는 집에서 공부하고 '착실하게' 있다가 텔레비전 영화 한 편을 봤다. 다음날 아말리아와 나가서 놀 때 문제가 생기지 않도록 얌전히 보내야 했으니까 말이다.

물론 마리사의 어머니는 조금 전에 이미 전화를 했었다.

그리고 이어지는 잔소리……. 아직도 흥분이 가시지 않은 마리사의 귀에 어머니가 한 말이 맴돌았다. 마리사의 어머니는 프란시스카 이모네 집에 갇혀 넋이 나가 있었다.

"내 말 좀 들어 봐. 여기 사람들이, 특히 돌로레스가 말이야, 주말에 집에 혼자 있기엔 다들 네가 너무 어리다고 하잖니. 혼자서 뭘 하냐며 말이야. 오늘만 해도 어땠는지 한번 봐라."

"엄마, 저 지금 공부하고 있어요. 내일은 아말리아와 놀러 가고. 그뿐이에요. 제발 좀 그만하세요."

"그래, 그래. 나만 혼자 여기서 다 참아 내야 하는 거지?"

"엄마가 자초한 일이잖아요! 이제 가족 타령 좀 그만해요. 무슨 부족도 아니고."

"너도 이제 입 좀 다물어. 집에 가서 얘기하자."

"정말 계속 그러실 거예요?"

대략 이렇게 마리사는 어머니와 대치하고 있었다. 마리사의 어머니는 감각적이고, 개방적이고, 똑똑한 사람이었다. 하지만 가족 문제에 관해서는 계속 과거에 얽매여 자매와 조카 들 그리고 다른 이들이 결탁해 만든 울타리 속에서 빠져나오지 못하고 있었다. 어머니는 차리에 대해서는 한마디도 묻지 않았다. 차리는 열외였기 때문이다. 열아홉이라는 나이가 차리에게 날개를 달아 주고 완전한 자유를 선사했다. 그러나 마리사는…….

마리사는 씩씩대며 침대 위에 엎드려 누웠다. 어른들이 자신을 통제하고, 감시하고, 그렇게 가까이서 지켜보는 것을 견딜 수 없었다. 마리사는 집에 있어도 괜찮았다. 프란시스코 이모네에 가는 문제로 생기는 마찰을 제외하곤 별다른 문제도 없었다. 하지만 열여덟 살, 또는 열아홉이 되어 아말리아와 독립해 사는 건 구미가 당기는 일이었다. 어차피 사촌 언니 파키나 엘레나처럼 스물다섯이나 서른이 돼서까지 부모님 집에 얹혀살 생각도 아니었다.

마리사는 절대 방을 완전히 어둡게 해 놓지 않았다. 잘 때는 커튼을 올렸고, 너무 춥지 않을 정도로 창문을 살짝 열어 놓기까지 했다. 별과 근처 빌딩 들이 흘리는 불빛을 감상하면 답답한 느낌이 덜했다. 반대로 차리는 불빛이 조금이라도 새어 나오면 잠에서 깨곤 했다. 어스름한 어둠 속에서 마리사는 협탁 위에 올려놓은 연극 대본을 봤다. 유머러스하고 별로 어렵지 않은 작품이었다. 마리사가 맡을 배역은 엽기적이지 않으면서 재미있는 인물이었다. 대본을 보고 나니 그렇게 복잡할 게 없어 보였다.

그저 즐기고 새로운 것을 시도해 보기에 좋은 아마추어 공연이었다. '안 될 게 뭐 있어?' 라는 말이 끊임없이 머릿속에 맴돌았다.

다시 어머니의 목소리가 들리는 듯했다…….

"돌로레스가 그러더라. 어떻게든 널 데리고 왔어야 한다고 말이야."

마리사는 도무지 어머니를 이해할 수가 없었다.

같은 반 친구들은 열여섯 살이지만 금요일과 토요일 밤에 외출을 하고 집에 늦게 들어갔다.

물론 부모님 때문에 무조건 밤 열한 시에는 집에 있어야 하는 친구들도 있긴 있었다. 그들은 언제라도 부모님이 위치를 파악할 수 있도록 핸드폰을 켜 두어야 했다. 마리사는 이런 핸드폰의 독재를 혐오해 핸드폰을 쓰지 않았다. 반에서 핸드폰이 없는 유일한 학생이었지만, '자유의 화면' 아래 암묵적으로 통제당하는 것이 싫었다.

마리사는 다시 똑바로 누웠다. 그러자 현관문이 열리는 소리가 들렸다.

차리가 페르난도와 들어온 것이다.

"아, 안 돼!"

차리가 탄성을 질렀다.

차리와 페르난도는 둘 다 조심성이 없었다. 문이 닫히자마자 그들의 그런 면모가 여실히 드러났다. 질식할 것 같은 비명, 웃음소리, 엎치락뒤치락, "이리 와!", "싫어!", "장난치시겠다?", "좀 천천히 해. 이 짐승!", "못 참겠단 말이야." 따위의 말들……. 마리사는 시계를 봤다. 아직 이른 시간이었다. 새벽 한 시 반. 소리는 더 심해졌다. 차리의 저항은 일종의 게임에 불과했다. 그걸 하려고 만난 것일 테니 말이다. 마리사는 딱 한 차례 차리가 이렇게 말하는 것을 들었다.

"그러다 내 동생 깨겠어!"

그러자 페르난도가 말했다.

"깨면 어때? 그럼 뭐라도 배우는 게 있겠지."

마리사는 불쾌감에 견딜 수 없었다. 정말 저런 바보 천치 같은 놈이 또 있을까. 품위라곤 찾아볼 수 없고, 머릿속에 든 게 아무것도 없는 것 같았다.

페르난도의 머리는 거의 박박 민 듯 짧았다. 그래서인지 짐승 같은 얼굴이 더 도드라져 보였다. 각진 얼굴은 홀쭉했고, 귀는 조그맣고, 코는 전형적인 스페인 사람 같았다. 두 눈은 기분 나쁘게 생겼고, 목은 자라목에, 껄렁한 분위기와 말투 때문에 건달 같은 인상을 풍겼다. 게다가 문신도 있었다. 마리사는 문신을 견딜 수 없었다. 한쪽 어깨, 등 그리고 배꼽 근처 은밀한 부위에 새겨진 문신은 그나마 작은 편이었다. 그러나 두 팔에 새겨 넣은 문신은 한눈에 보였다. 페르난도는 팔의 문신을 돋보이게 하려고 무시무시하게 생긴 티셔츠를 입고 다녔다. 한마디로 그렇고 그런 부류의 한 열 배쯤 한심하다고나 할까. 마리사는 차리가 페르난도의 어떤 점이 좋아 만나는지, 왜 저런 놈과 어울리며 시간을 낭비하는지 이해할 수 없었다. 마리사는 침대에서 일어나 방에서 뛰쳐나와 하마터면 이렇게 말할 뻔했다.

"그래, 내가 뭘 배워야 하는지 한번 알려 줘 보시지? 이 멍청아!"

그러나 마리사는 그런 상황에 긴장한 데다 자신의 언니 때문에 창피함을 느껴 제자리에 그대로 있었다. 그전까지는 '남에 대해 창피함을 느끼는 것' 이 뭔지 몰랐었다.

차리와 그 괴물은 몇 분 동안 서로를 가지고 놀았다. 페르난도가 차리를 잡을 때마다 특유의 적막이 맴돌았다. 다시 소음과 적막이 반복됐다. 차리의 남자친구가 성질이 급한 작자임은 틀림없었다. 눈 깜짝할 사이에 차리의 방에 들어왔기 때문이다. 한번은 둘이 그곳에서 조심성이라고는 찾아볼 수 없는 행동을 한 적이 있다. 상스럽고, 천박하고, 자극적인 대화가 오갔다. 마리사는 속으로 생각했다. 저런 것이 사랑이라면…….

"이리 와. 내가 널 여자로 만들어 줄게."

"아이, 이 늑대 같으니!"

"차리, 오늘 죽이는데?"

"이게 다 날 위한 거야?"

"더 좋은 것도 있지. 네가 오늘 날 흥분시켜 주기만 한다면……."

마리사는 베개에 얼굴을 묻었다.

귀마개. 마리사는 귀를 틀어막을 귀마개가 필요했다. 그건 견디기 힘든 고문이었다. 바로 옆방에서 그랬기 때문이 아니라 그 방식과 정도를 참을 수 없었다. 기괴한 비명들, 적나라함, 몰상식, 저속함, 상스러움…….

마리사는 두 귀를 베개에 더 파묻었다.

하지만 그래도 들려오는 소리를 막을 수 없었다.

점점 더 커지는 소리, 신음 소리, 더 적나라한 대화, 침대가 삐거덕거리는 소리, 비명…….

그리고 찢어질 듯한 페르난도의 마지막 비명이 이어졌다.

고작 오 분이었다. 마리사에게는 영원히 끝나지 않을 것 같던 시간이었지만, 차리에게는 분명 아주 짧은 시간이었을 것이다.

그 멍청이는 참을성이라곤 눈곱만큼도 없었다. 마치 소리만 요란한 수레 같았다. 정말 굉장했다.

"이런. 미안해."

마리사는 페르난도가 하는 말을 들었다.

"괜찮아. 이리 와."

차리가 그를 달랬다.

"조금만 지나면 다시 할 수 있을 것 같아. 아까는 너무 급해서……."

"그래, 알았어."

"차리, 넌 정말……."

다시 조용해졌다.

폭풍 후의 고요였다.

마리사는 둘이 다시 그 짓을 하기 전에 어쩌면 잠들 수 있을지도 몰랐다.

마리사는 눈을 감고 머릿속을 완전히 비웠다. 내면의 평화를 찾기 위해 마음을 편안히 가지려고 애쓰며 호흡을 골랐다. 아버지, 어머니, 가족, 차리, 그 멍청이, 아말리아, 루이스 엔리케……. 루이스 엔리케? 모두들 마리사의 머리에서 하나둘 사라지고 있었다.

거의 잠이 들 무렵이었다.

마리사는 두 눈을 번쩍 떴다.

"제기랄!"

마리사가 신경질을 냈다.

그날 밤은 아주, 아주 길게 느껴졌다. 자기 자신 때문만이 아니라, 슈퍼맨에게 만회할 기회를 준 그녀의 언니 때문이기도 했다.

10

"어제 우리 언니랑 그 등신이랑 그거 하는 소리를 들었어."

"진짜?"

아말리아가 놀라며 물었다.

"그렇다니까."

"어땠어?"

"뭘 얘기해 주길 바라는 거야? 말도 마. 난 잠을 못 자 뒤척이는데 그 등신은 '차리, 너 때문에 흥분돼 죽겠어.', '내가 널 여자로 만들어 주겠어.' 뭐 이딴 소리나 하고 말이야."

아말리아는 깔깔대며 웃었다.

"그래도 어지간한 코미디보다 나았겠는걸!"

"벽 하나를 사이에 둔 방에서, 우리 언니가 주인공인 영화? 너 짜증나게 할래! 걔네들이 무슨 부부 사이도 아니고 말이야. 평생 그런 얼간이랑 사는 건 생각만 해도 끔찍하다."

"설마 너희 언니가 페르난도라는 그 작자랑 결혼하겠니?"

"우리 언니가 한 번씩 멍청한 짓을 할 때가 있거든."

"야, 어쨌든 얘기 좀 해 봐."

아말리아가 짓궂게 졸라 댔다.

"'얘기'를 하라고?"

마리사는 신음 소리를 내고, 숨을 헐떡이고, 비명을 지르면서 각각에 맞는 표정을 지어 보였다.

"아! 오! 음! 우웁! 으으······. 이러더니 오 분 만에 끝나 버린 거 있지."

"오 분 만에?"

아말리아의 웃음소리가 더 커졌다.

"말도 안 돼!"

"진짜라니까."

"장난 아닌데? 오늘부터 너희 언니 애인을 '오분남'이라고 불러야 겠네."

"정말 침대에서 일어나 언니 방에 가서 둘 다 흠씬 두들겨 패 주고 싶더라니까."

"그러지 그랬어?"

"내가 좀 소심하잖니. 그냥 침대에 누웠는데 엄마랑 싸운 다음부터 아무리 애써도 잠이 와야 말이지. 엄마같이 개방적인 사람이 가족 문제에 대해서 그렇게 날뛰는 걸 보면 이해가 안 된다니까. 게다가 언니 까지······. 소리 안 나게 조심 좀 하지."

"네가 잠들었다고 생각했나 보지 뭐."

"그래."

"아니면 네가 듣길 바랐든가."

"아니 왜?"

"너희 언니 항상 널 질투했잖아."

"그래서 복수랍시고 그 머저리랑 그 짓 하는 소리를 일부러 냈다는 거야?"

"머저리가 아니라 '오분남' 이라니까."

"어쨌든. 넌 그렇다고 생각하는 거야?"

"아닐 이유는 또 뭐야? 사실 네가 언니보다 예쁘고 똑똑하잖아. 게다가 너는 계속 공부를 할 생각이지만 차리 언니는 아니잖아. 예전부터 사람들이 너랑 비교하는 말이나, 언니 앞에서 네가 예쁘다는 칭찬을 들으면서 속상한 마음을 속으로 삼켜 왔을걸. 그게 상처로 남았을 거고. 이제 너희 언니 차례가 된 거야. 너한테 '나는 이제 여자다.' 라고 외치는 거지. 애인이 있어서가 아니라 '그걸' 하니까 여자가 됐다는 거야. 반면 넌 아직 '고딩' 이고……."

아말리아는 작은따옴표 안의 말을 힘주어 말했다.

"난 언니를 많이 사랑해. 언니가 나한테 복수할 이유가 전혀 없는 것 같은데."

"어쩌면 언니의 잠재의식 때문인지도 모르지."

마리사는 그런 생각은 해 본 적이 없었다.

그날 아침, 마리사는 페르난도와 복도나 주방, 혹은 화장실에서 마주치지 않게 최대한 빨리 집에서 나오고 싶은 생각뿐이었다. 페르난도는 팬티 바람이거나 아무것도 걸치지 않은 채 집 여기저기를 돌아다니고도 남을 위인이었기 때문이다. 그래서 마리사는 늦게까지 잠을 자고 일어났을 때-이건 졸린 탓도 있지만-샤워도 하지 않았다. 그리고 옷을 입고 대충 아침을 먹은 뒤 아말리아를 만나러 나갔다. 두 연인은-그 둘을 이렇게 부를 수 있을지 모르겠지만-마리사가 나가는 동안에도 계속 자고 있었다. 마리사는 둘이 자고 있는지 확인하기 위해 차리의 방문을 살짝 열고 복도에서 나오는 희미한 빛을 이용해 들여다 봤다. 엉클어진 침대 위에서 차리와 그녀의 남자친구는 실오라기 하나 걸치지 않은 채 하나는 똑바로, 다른 하나는 엎드려 누워 있었다.

어쨌든 차리는 미쳐 있었고 남자친구를 가지고 놀았다.

마리사는 만약 운명의 장난으로 부모님이 갑자기 돌아와 그런 모습으로 있는 그들을 발견하면 어떻게 될지 상상했다.

부모님은 어떻게 할까?

차리는 이미 성인이었다. 아마 아무 일도 없을지도 모른다.

아니면 무슨 일이 있을지도 모른다.

그 집은 부모님의 집이다. 앞으로도 그럴 것이고.

아말리아는 마리사가 불편한 기색을 보이며 기분이 안 좋아지자 하던 얘기를 멈췄다. 신호등 앞에 서자 아말리아는 대화 주제를 바꿨다.

"너 그거 할 거야?"

아말리아가 물었다.

"뭘?"

"연극 말이야. 대본 보니까 어땠어?"

"나쁘지 않더라."

마리사가 대답했다.

"실은……."

"한번 해 봐. 누가 알아?"

아말리아는 진지했다.

"작품이 어려워 보이지 않더라고. 배역이 나랑 닮은 점이 많은 것 같아."

"너 내가 만날 하는 얘기 알지? 뭐든 한번 부딪혀 봐야 한다는 거."

"뭐든지, 다?"

"음, 최대한 다. 해 봤더니 너도 소질이 있고, 또 연기가 재미있으면 어쩔래?"

"무대에 올라가 연기를 한다는 것만으로도 행복할 거 같긴 해. 연기하는 건 도전이나 마찬가지야."

"그러니까 해 보라고. 그 오빠를 믿어 봐."

"넌 내가 연애를 하길 바라는 거지?"

"왜 아니겠니."

"오늘 밤 네가 그거 때문에 가는 거잖아. 연애할 상대 찾으러."

"'우리'가 가는 거지."

아말리아가 마리사의 말을 고쳐 말했다.

둘은 다시 정해 놓은 목적지도 없이 아래로 내려가면서 가게, 쇼윈도 그리고 토요일 아침부터 이리저리 분주하게 움직이는 점원을 구경했다. 마리사는 아말리아를 바라봤다. 아말리아는 말과 동작이 자연스럽고 매사 자신감이 넘쳤다. 마리사는 그런 아말리아를 동경했다. 자신과는 수준이 다르다고 생각할 때도 있었다. 마리사의 이런 콤플렉스는 한 번씩 당황스러울 만큼 크게 표출될 때가 있었다. 마리사가 거울로 그곳을 본 이후로는 더욱 그랬다.

그날 마리사는 불안감을 느꼈다.

"네가 다른 누군가와 진지하게 교제를 하는 날에도 네가 내 친구로 남아 있을까?"

마리사가 불쑥 물었다.

"나도 다른 여자애들처럼 남자 하나에 미칠 수도 있겠지."

아말리아가 말했다.

"하지만 친구는 친구야. 맹세컨대 내 최우선 순위는 친구야. 남자는 지나가는 존재지만 친구는 아니잖아. 난 친구는 영원하다고 믿는 사람 중 하나라고."

"그런데 우리 엄마는 어릴 적 친구들과 전혀 연락을 안 하시던걸?"

"우리 엄마도 마찬가지야. 근데 그게 무슨 상관이야?"

"상관없지, 물론."

마리사가 대답했다.

"게다가"

아말리아는 마리사에게 한쪽 눈을 찡긋해 보였다.

"백 퍼센트 빠질 만한 남자가 세상에 있을까? 안 그래?"

아말리아는 팔꿈치로 마리사를 툭 치며 말을 이어 나갔다.

"야, 어쨌든 우리 오늘 밤 나가는 거야! 너도 이제 배우로서의 삶을 시작하는구나. 너 지금 진지해 보이는 거 알아?"

"어제 잠을 얼마 못 자서 그래."

마리사가 변명을 했다.

아말리아는 한 가게 앞에서 문득 걸음을 멈췄다. 쇼윈도에는 시선을 사로잡는 봄옷이 잔뜩 진열돼 있었다.

"이것 좀 봐!"

마리사와 아말리아는 쇼윈도에 딱 달라붙어 원피스, 바지, 블라우스, 티셔츠, 셔츠, 탑을 비롯한 다양한 옷가지들을 구경했다. 가격표도 살펴봤다.

"가격 한번 사악하네."

아말리아가 한숨을 내쉬며 말했다.

"그래도 나 이거 입어 볼래!"

아말리아는 마리사를 잡아끌고 가게 안으로 들어갔다. 아말리아의 아버지는 세심하게도 딸에게 신용 카드를 선물로 줬다. 신용 카드는 아말리아를 또래와 달리 성숙한 여자로 보이게 하는 데 한몫했다. 그건 이혼과 맞바꾼 신용 카드였다.

마리사는 자신에게 신용 카드가 필요 없다는 사실을 잘 알고 있었다. 더군다나 그녀에겐 이미 은행에서 만든 현금 카드가 있었다.

"와, 여기 죽이는데!"

아말리아는 옷걸이를 하나둘 빼기 시작했다.

"이런 데가 있는 줄 몰랐네. 새로 생겼나 봐. 안 그래? 와, 이것 좀 봐! 이건 어때?"

마리사는 아말리아가 옷을 여섯 벌이나 꺼내 드는 것을 잠자코 구경했다.

마리사는 어차피 아말리아가 빈손으로 가게를 나갈 거라는 것을 알고 있었다. 그것만이라면 그래도 약과였다. 거기에 있는 옷이란 옷은 죄다 입어 볼 게 뻔했다. 그보다 더 최악은 마리사에게도 똑같은 행동을 강요할 거라는 거였다. 둘은 바람이나 쐬려고 나온 거였고 옷을 입어 보는 것도 목적의 일환이었으니 말이다. 아말리아는 거의 항상 이렇게 마리사를 끌고 나와 여기저기 구경하며 기분 전환을 시켜 주었다. 지금처럼 마음이 불안할 때도 마찬가지였다.

마리사는 웃고, 잘 보내고, 즐기고 싶었다.

그녀만의 바다 저 깊은 곳의 뭔가가 마리사를 붙잡고 수면 위로 올라오지 못하게 만들고 있었지만.

마리사와 아말리아는 탈의실에 들어갔다. 아말리아는 블라우스를 벗고 브래지어만 하고 있었다. 그런 뒤 크림색 무늬가 희미하게 들어간 흰색 티셔츠를 입었다. 아말리아는 거울로 자신의 모습을 봤다.

"죽이지?"

"예쁘네."

"응. 근데 브래지어를 하니까 태가 안 나네. 나 좀 도와줘."

아말리아가 티셔츠를 위로 올리자 마리사가 뒤에서 브래지어 후크를 풀었다. 아말리아는 손쉽게 브래지어를 벗었다.

마리사는 학교 체육관에서 옷을 갈아입을 때나 수영하러 갈 때 여러 번 아말리아의 벗은 모습을 본 적이 있었다. 하지만 지금은 아말리아가 달라 보였다. 마리사가 달라졌듯이 아말리아도 마찬가지였다.

마리사의 눈에 비친 아말리아는 예전보다 더 아름답고, 더 여성스럽고, 훨씬 더 매력적이었다. 아말리아보다 거의 세 살이 더 많은 차리도 성숙미로는 그녀와 비교될 수 없을 것 같았다.

"좀 튀지?"

아말리아가 표정을 바꾸며 말했다.

"응."

"이건 됐고, 이거 입어 보자."

아말리아는 티셔츠를 벗었다.

아말리아의 가슴은 참 예뻤다. 그리 빼어나지 않은 마리사의 가슴과는 달리 유륜이 살짝 돌출돼 있고 젖꼭지가 도전적으로 생긴 게 완벽한 모양이었다.

아말리아는 다른 옷을 입어 봤다. 이번에는 배꼽과 그 옆의 은색 피어싱이 드러나는, 몸에 딱 붙는 탑이었다.

"오우!"

아말리아가 환호성을 질렀다.

"이거면 내가 다 접수할 수 있겠는걸?"

"너야 아무거나 입어도 그렇잖아."

마리사가 말했다.

"그치?"

아말리아의 입이 귀에 걸렸다.

아말리아는 부모님의 일 이후로 더 충동적으로 변한 것 같았다.

하지만 어쩌면 이제 멈추지 않고 앞으로 달려가는 것만이 필요한 시기인지도 모른다. 그런 면에서 아말리아는 마리사의 완벽한 반쪽이자, 마리사가 뒤처지지 않도록 하는 활력소였다.

마리사는 아말리아 없이는 아무것도 자신의 삶에서 의미가 없다고 생각했다.

아말리아는 친구이자, 친언니 그 이상이자, 전부였다.

마리사는 그것을 그 순간 어느 때보다 분명하게 느꼈다.

11

천막으로 된 클럽에는 별이 가득한 봄, 아니 거의 초여름 밤 아래 사람들로 이루어진 거대한 덩어리가 몇 가지 기본적인 유형에 따라 움직이고 있었다. 어떤 이들은 음악에 맞춰 자유롭게 흐느적거리며 춤을 췄다. 어떨 땐 하다만 듯하고, 어떨 땐 불가능해 보이는 동작을 하면서도 그들은 모두 행복해 보였다. 또 다른 이들은 바(bar)에 기대 마시거나 얘기를 하며 작업에 한창이었다. 함께 있는 그 순간, 시선과 옷깃이 스치고 사람들은 제각각 자신이 바라는 것이나 이룬 바를 떠들어 댔다. 마치 그렇게 해야만 그날 밤을 기점으로 모든 게 달라지기라도 하는 것처럼 말이다.

이밖에도 마냥 기다리거나 사냥을 나서는 이들, 마음에 드는 상대를 선택하거나 관심 없는 척하며 선택당하는 이들까지 한데 어우러져 완벽한 균형을 이루었다. 이리저리 왔다 갔다 하는 이들은 전체에 활력과 생기를 불어넣었다.

마리사와 아말리아는 이 마지막 부류에 속했다.

그 분야의 대가인 아말리아는 앞장서서 어느 쪽으로 가야 할지 알려 줬다. 가다가 멈추거나, 다시 가거나, 먹이를 포착할 때 그 대상을 똑바로 쳐다보거나, 시선을 회피하거나, 누가 자신을 쳐다봐도 짐짓 모른 체하며 몇 초 동안 어떻게 할지 결정하는 것들은 전부 아말리아의 몫이었다. 마리사는 아말리아가 지나치게 본능에 충실하고 돌발 행동이 잦긴 해도 열정의 밤을 함께하기에는 더할 나위 없는 상대라 생각했다.

물론 열정이 필요 없을 때는 예외였지만.

"무슨 말이 듣고 싶은 거야?"

그때 아말리아가 투덜거리며 말했다.

"여기 괜찮은 것 같아. 그런데 무슨 사람들이 이렇게 많니? 바글바글한 정도는 아니지만……."

"너야 보기만 해도 딱 감이 오잖아."

마리사가 말했다.

"휴, 그러면 내가 말을 안 하지."

마리사와 아말리아는 손에 각자 잔 하나씩을 들고 있었다. 스스로를 제어하기 위해 선택한, 알코올이 들어가지 않은 음료였다. 이미 약을 건네려고 하는 남자를 두 명이나 만난 터라 부쩍 조심스러워져 있었다. 한 명은 입구에서, 다른 한 명은 화장실 근처에서 만났는데 둘다 눈이 풀리고, 아랫입술을 떨고, 땀을 뻘뻘 흘리고, 헤벌쭉 바보처럼 웃는 것이 딱 약에 취한 모습이었다. 마리사와 아말리아는 진저리를 치며 이들을 작업 명단에서 제외시켰다.

아말리아가 뭔가 생각난 듯 물었다.

"너희 부모님은? 부모님께 말씀드렸어?"

"미쳤니?"

"집에 전화해 보실 거 아냐."

"언니가 집에 있잖아. 부모님한테는 자고 있다고 둘러대 줄 거야."

"언니가 널 감싸 줄까?"

"적어도 그런 말은 해 줄 거야. 그거면 돼."

"하지만 만일……."

"내가 알아서 할게. 원하는 게 뭐야?"

마리사가 체념한 듯 말했다.

"어쨌든 너희 언니는 그 '오분남'이랑 있겠네?"

"그래, 맞아."

마리사는 짜증 난 표정을 지어 보였다.

"둘이 온종일 그 짓을 하며 보내겠지?"

"서로 당기면 그렇겠지 뭐. 물론 언니 남자친구가 버틸 수 있는 만큼만 하겠지만."

"암튼 남자의 욕정이 문제라니까."

"난 가끔 대체 사랑이 어떤 건지 궁금할 때가 있어."

마리사가 말했다.

"스치듯 지나가는 남자가 있는가 하면 아닌 남자도 있잖아. 왜 그런 걸까? 또 어떤 남자는 심장을 뛰게 만들지만 그렇지 않은 남자가 있고 말이야."

"내가 무슨 말 할지 알지? 그건 순전히 화학 반응 같은 거야. 심장은 상관이 없다니까."

"언니와 '오분남' 사이에는 몸속의 인산인지 산인지, 어쨌든 서로 보자마자 끓기 시작하는 뭔가가 있는 게 분명해."

"쟤 어때?"

아말리아가 누군가를 가리켰다.

"어떤 애?"

"흰색 셔츠 입은 애."

"쟨 아니야."

마리사는 단호했다.

"야, 내 짝으로 말이야."

"그래도 아니야."

마리사의 대답은 같았다.

"그래, 너도 취향이 있으니까."

아말리아가 팔짱을 끼며 말했다.

"그래, 넌 보는 눈이 낮으니까."

마리아가 응수했다.

둘은 계속 돌아다녔다. 어떤 여자가 한 남자에게 말을 걸기 위해 가장 케케묵은 수법을 쓰고 있는 것이 보였다. 바로 담뱃불을 빌리는 것이었다.

그건 그 여자가 담배를 피운다는 뜻이기도 했다. 조금 더 떨어진 곳에서는 다른 남자가 친절 전략으로 바에서 음료 두 잔을 주문하며 필사적으로 노력하고 있었다. 그중 한 잔은 멀찌감치 서서 지겹다는 표정으로 그를 기다리고 있는 여자에게 줄 참이었다. 거기서 멀지 않은 곳에는 밤색의 긴 머리를 한 아름다운 여자가 백조같이 머리를 뒤로 젖힌 채 웃으며 호리호리한 자신의 목과 완벽하게 새하얀 치아를 드러내고 있었다. 기둥 옆에는 마리사와 아말리아보다 훨씬 어려보이는 여자 둘이 그녀들과 마찬가지로 클럽 풍경을 주시하고 있었고, 몇 걸음 떨어진 곳에서는 남자 둘이 머리를 맞대고 그 여자들과 어떻게 해 볼

궁리를 하고 있었다.

그곳은 모두가 사냥꾼이자 동시에 사냥감인 정글이었다.

거대한 놀이를 하고 있는 셈이었다.

롤링스톤즈의 명반의 제목을 조금 바꾸어 말하자면, "이건 단지 오락일 뿐이야. 하지만 나는 오락이 좋다고."라고 모두가 외치는 듯했다.

아말리아가 불쑥 마리사를 팔꿈치로 찔렀다.

"쟤 좀 봐!"

마리사는 이번에는 누구인지 물어볼 필요가 없었다. 그 남자는 정말이지 강력했다. 곱슬머리 아래 얼굴은 미소를 머금고 있었고 딱 붙는 셔츠를 입어 멋진 몸매가 그대로 드러났다. 초여름 햇살에 그을린 듯한 피부는 마치 자신의 위치를 알리는 깃발 같았다. 그 옆에 있던 친구가 자기 분수에 맞게 입고 있었던 터라 남자는 더욱 돋보였다.

"나쁘지 않네."

마리사가 말했다.

"나쁘지 않다고? 참나, 전문가 나셨네. 나라면 쟤가 뭘 부탁하든 다 들어주겠다."

"너 오늘 우리 집에서 자는 거 잊지 않았지? 너까지 나를 '오분남' 한테 데려갈 생각 마."

"쟤는 분명 더 오래갈 거야."

"못살아!"

마리사는 웃음을 터뜨렸다.

"다들 지금 널 보면 몸이 달았다고 하겠어."

"이봐."

아말리아는 뭔가에 부딪힌 것처럼 부들부들 떨었다.

"무슨 말을 듣고 싶은 거야? 나 정말 몸이 달아오르기 일보 직전이라고. 우리 남자 사냥 나온 거 아니었어? 바로 저 애라고! 지금 몸이 찌릿찌릿하거든? 그래서 어서 내 몸의 인산이든 산이든 뭐든 간에 저 애 거랑 반응했으면 좋겠단 말이야. 가 보자!"

"잠깐, 잠깐만. 네가 가!"

"무슨 소리야? 우리 둘이 같이 가야지!"

아말리아는 마리사를 잡아끌었다.

"어쩌면 저 애가 널 마음에 들어 할지도 모르잖아. 그렇다면 친구로서 깨끗이 포기해 주지."

"근데 네가 직접 나서서 말을 거는 건 어때?"

"안 할 이유가 없지."

"안 할 이유가 없지!"

"그러면 우리 쟤 근처에서 춤추자. 그러면 이국적이면서 끝내주는 내 춤을 보겠지? 그때 내가 저 아이를 꾈게. 어때?"

마리사는 더 이상 아말리아를 말릴 수도, 아말리아가 본능에 이끌려 가는 것을 막을 수도 없었다. 둘은 사람들 틈을 비집고 목표물이 기다리는 곳 근처 무대로 가서 춤을 추기 시작했다.

드디어 아말리아가 그 남자와 얼굴을 맞대었다.

12

　마리사는 소리 나지 않게 집 문을 천천히 열었다. 먼저 느린 동작으로 열쇠를 돌리고 안으로 들어간 다음, 조심스럽게 나무 문짝을 닫았다. 무사히 들어온 마리사와 아말리아는 귀를 쫑긋했다.

　"아무런 소리도 안 나."

　아말리아가 속삭였다.

　"둘이 이미 끝냈을걸."

　"확실해? 한번 확인해 보자."

　"쉿!"

　마리사가 아말리아를 말렸다.

　"제발 짓궂게 좀 굴지 마."

　"문 열고 둘이 발가벗고 있는지 살짝 볼게, 응?"

　"아말리아!"

　마리사와 아말리아는 웃음소리가 새어 나오는 것을 입으로 막았다. 그 순간, 마리사와 아말리아는 진탕 놀다 밤늦게 집에 돌아온 정신 나간 여자들 그 이상도 그 이하도 아니었다. 둘도 그 사실을 잘 알고 있었다. 기분이 째질 듯하고 도전 정신이 충만한 정신 나간 여자들 말이다.

　"조루 환자가 다시 공격한다!"

　아말리아가 주먹 하나를 흔들며 말했다.

"조용히 좀 해!"

마리사의 웃음이 더 심해졌다.

"오, 차리, 너 때문에 흥분돼 죽겠어!"

"그러다 둘이 깨겠어. 생각만 해도 끔찍하다. 이제 그만 좀 해!"

"오, 달링. 맞는 말이야."

아말리아는 그제야 정신이 퍼뜩 들었다.

"그러면 둘이 다시 신음 소리를 내고 침을 질질 흘리겠지? 쉿! 소리 내지 마. 뭐, 살짝 소동 좀 피워서 우리가 질투하고 있다는 걸 보여 줘도 나쁠 거 없겠지만."

"언니는 무슨 일인지 보려고 들어오고도 남을 사람이야."

"그럴까?"

"당연하지. 나를 보호하고, 또 청소년인 나의 순결을 지켜 주려고 말이야."

"웩! 너희 언니는 방에 들어갈 수 있는데 넌 왜 안 된다는 거야?"

"어쨌든 우리 계획을 짜 보자."

마리사는 거실에 잠시 멈췄다.

"그 전에 먼저 할 일이 있어."

마리사는 양해를 구하고 자동 응답기로 갔다. 응답기에도, 그 옆에 놓인 메모장에도 부모님이 남긴 메시지가 없는 것을 확인하자 그제야 마음이 놓였다. 마리사는 홀가분하게 큰 숨을 내쉬었다.

"마리사."

아말리아가 마리사를 불렀다.

"나 샤워 좀 해야 해. 아니면 담배 냄새가 절어 있어 잠을 못 잘 것 같아."

"나도 마찬가지야."

"그럼 어서 가자."

마리사와 아말리아는 욕실로 들어가 문을 닫았다. 마리사는 수건 두 장을 집어 한 장을 아말리아에게 내밀었다.

"누가 먼저 할래?"

"난 상관없어."

"네가 먼저 해."

둘은 동시에 옷을 홀딱 벗었다. 마리사는 거울 쪽으로 갔고 아말리아는 샤워를 하러 들어갔다.

"여기 샤워 캡 있니? 넌 머리가 짧은 거 복인 줄 알아야 해."

아말리아가 한숨을 내쉬었다.

"여전히 냄새는 나겠지만 지금 말리려면……."

마리사는 아말리아가 부탁한 것을 찾기 시작했다. 어머니의 물건이 있는 곳에서 금세 샤워 캡을 찾아 아말리아에게 건넸다. 아말리아는 두 팔을 위로 뻗어 몸매가 더 드러나게 만든 다음 비닐 안으로 빨간 머리 덤불을 숨겼다. 둘은 완전히 알몸이었다.

아말리아는 샤워 커튼을 살짝 치고 각각 뜨거운 물과 찬물이 나오는 두 수도꼭지를 모두 틀어 온도를 맞춘 뒤 샤워기의 물줄기 아래 자리를 잡았다.

거울 앞에 선 마리사는 커튼이 미처 덮지 못한 틈을 통해 거울에 비친 아말리아를 볼 수 있었다.

실루엣을 그리며 아말리아의 온몸을 따라 흐르던 물줄기가 피부, 목,

가슴, 허리, 옆구리, 허벅지, 성기에 끝이 없는 강을 만들고 있었다.

"혹시나 '오분남'이 들어올지도 모르니까 잘 지켜봐."

"조용히 해!"

마리사는 불편한 마음으로 욕실 문을 쳐다봤다.

그리고 눈을 떼고 나서 다시 거울에 집중했다.

또 그곳, 며칠 전과 같은 곳에 있었지만 이제는 마리사 혼자가 아니었다. 거울 저편에 자신뿐만 아니라 아말리아가 있다는 점이 달랐다.

그때의 불안감이 이제 천 배로 커졌다.

막연한 불안감.

"이제 됐다!"

아말리아는 커튼을 걷고 수건을 집어 몸을 닦기 시작했다.

그런 뒤 욕조에서 나왔다.

"걔한테 전화가 올까?"

아말리아가 물었다.

"당연하지. 너한테 뽕 갔던걸?"

"그렇지?"

아말리아는 익살스러운 표정을 지었다.

"이름이 참 안타깝단 말이야."

"발타사르가 뭐가 어때서?"

"뭐가 어때서라니? 걔네 부모님은 어떻게 그렇게 끝내주는 애한테 발타사르라는 이름을 붙여 줬는지 몰라."

"태어났을 때는 끝내줄지 아닐지 몰랐겠지."

"그거 완전히 범죄 아니니? 이름이 다니엘, 아니면 식스토, 아니면 알레한드로였어야 하는데. 맞아, 알레한드로! 그게 딱이다. 등 좀 닦아 줄래?"

마리사는 아말리아의 말을 순순히 따랐다. 수건을 집어 아말리아의 등에 남은 마지막 방울까지 정성스럽게 닦았다. 아말리아의 피부는 부드러웠고, 등에 난 주근깨는 그 조화로운 대륙 위에 특별한 얼룩무늬를 이루고 있었다.

아말리아가 샤워를 끝내자 이제 마리사의 차례였다. 아말리아는 목욕용 의자에 앉아 샤워 캡을 벗고 머리를 털었다.

"농담이 아니라 난 발타사르가 좋아."

아말리아가 말했다.

"잘됐다."

물이 마리사의 몸을 적셨다. 마리사는 커튼 틈으로 거울 쪽을 바라보았지만 아말리아는 마리사가 그랬던 것처럼 그녀를 보고 있지는 않았다.

사실 아말리아는 자신의 손을 보느라 정신이 없었다. 그 다음은 양쪽 발이었다.

"내가 사실 작정을 하고 전투에 나간 거나 다름없었거든."

떨어지는 물소리 사이로 아말리아의 말소리가 들렸다.

"그런데 내 마음에 드는 사람을 만날 줄은 생각도 못했어."

"걔한테 홀딱 빠진 거야?"

"잘 모르겠어. 그런 것 같기도 하고. 좀 지나면 알겠지."

마리사는 후다닥 씻고 나왔다. 수건으로 몸을 닦고 나자, 부탁하지도 않았는데 아말리아가 일어나 마리사의 등을 닦아 줬다. 체육 시간

후 탈의실에서도 둘은 그래 본 적이 없었다. 여름에 해변에서 선크림을 서로 발라 준 적은 있었지만, 지금만큼 쓰다듬는 느낌은 아니었다.

마리사는 그것을 애무라고 느낀 적이 없었다.

그때까지만 하더라도.

"걔한테 전화가 안 오면 다음 주에 내가 거기에 다시 가려고."

아말리아가 말했다.

"그래."

마리사와 아말리아는 혹시나 '오분남'이 차리의 방에서 나올까 봐 각자의 수건으로 몸을 감싸고 옷을 집어 들었다. 둘은 전속력으로 복도를 지나 마리사의 방으로 들어갔다. 무사히 들어오자 옷을 놓고 수건을 벗었다. 마리사는 잠옷을 입었다. 아말리아는 침대에 발가벗은 채 누워 기지개를 켰다.

"입을 것 좀 줄까?"

마리사가 말했다.

"아니. 난 원래 잘 때 아무것도 안 입어."

"그러면 잠이 와?"

"못 잘 이유도 없지. 난 침대에 있을 때 피부에 아무것도 닿지 않는 게 좋거든."

아말리아가 먼저 이불 속으로 들어갔다. 마리사가 그 뒤를 이었다.

침대는 한 명이 눕기에도 좁아서 둘은 어쩔 수 없이 서로의 몸을 맞대고 딱 붙어 있어야 했다. 그리고 겨우 몇 센티미터만 남겨 놓고 얼굴을 마주했다. 얼굴에는 졸린 기색 하나 없이 수다를 떨 참이었다. 마리사는 아말리아와 처음 살결이 스치자 마음이 편안해졌다. 그 때문인지 하늘로 붕 뜨는 기분이었다. 마치 몸과 마음이 두 개의 평행 우주로 나뉘어 분리되는 것 같았다. 마리사는 아말리아와 나란히 있게 된 것이 좋았다. 마리사는 그날 밤이 좋았다. 또 아말리아가 연애를 시작하게 된 것까지 좋았다. 하지만 마리사의 감정은 한없이, 주체할 수 없이, 그녀를 산산조각 낼 정도로 흔들어 놓았다.

거울.

그 빌어먹을 거울.

마리사는 지금 거울의 어느 쪽에 서 있는 걸까?

"무슨 생각해?"

아말리아가 귓속말을 했다.

"네 운에 대해서."

"뭔 소리야!"

"넌 예쁘고, 매력 있고……. 발타사르가 너한테 반한 것 좀 봐."

"야, 그건 아무것도 아니야. 남자 꾀는 것쯤이야 식은 죽 먹기지. 문제는 내 곁에 붙잡아 두는 거야. 오늘 화려하게 보이는 게 내일 잿빛으로 보일 수도 있는 법이야. 왜, 그런 여자애들 있잖아. 사귄 지 일주일 만에 '내가 눈이 삐었었나 봐. 어떻게 저런 바보를 좋아했을까?' 라고 말하는 애들 말이야."

"우리 언니가 그런 말을 할 날이 있었으면 좋겠다."

"나랑 밤새 수다 떨 거지? 응?"

아말리아가 들뜬 목소리로 말했다.

"우린 잘 거야."

"그래, 알았어."

아말리아가 어깨를 움찔했다.

"그런데 그 전에……."

아말리아가 한쪽 다리를 움직이자 아말리아와 마리사의 허벅지가 서로 스쳤다. 마리사는 손을 어디에 둬야 할지 몰라 그저 가만히 있었다.

반면, 아말리아는 마리사의 옆구리에 한 손을 올려놓았다.

"자, 얘기 좀 해 봐. 연극은 어떤지, 그 오빠와는 어떻게 할 생각인지 말이야."

아말리아는 자신이 말한 것처럼 밤을 새울 각오라도 한 듯 마리사를 채근했다.

13

연극에 참여하는 '일행'은 많지 않았다. 루이스 엔리케에 따르면 비중이 적은 배역이긴 하지만 아직 두 '배우'가 더 필요했다. 마리사가 세어 보니 남은 두 배역 이외에도 여자 넷과 남자 셋, 일곱 명이 더 있었다. 모두 같은 학교에 다녔지만 마리사와는 모르는 사이였다.

"여긴 마리사야."

루이스 엔리케가 마리사를 소개했다.

"마리사가 루크레시아 역을 맡을 거야."

그들은 모두 꿈일지도, 열정일지도, 아니면 단순한 취미일지도 모르는 뭔가를 공유하고 있었다. 그런데도 경쟁심이나 골치 아픈 싸움거리는커녕 의심의 눈초리도 없이 하나의 팀을 이루고 있었다. 마리사는 이것을 금방 알아챘다. 루이스 엔리케는 큰 목소리로 다른 배우들의 이름을 불렀다. 카르멘, 루이사, 안토니오, 수시, 푸엔산타, 마르코스, 파블로였다.

그런 뒤 연습이 시작됐다.

마리사는 긴장됐다. 자신을 짓누르던 책임감을 상당히 내려놓긴 했지만 그래도 무대 위 진짜 관객 앞에서, 너그러운 박수와 입에 발린 칭찬을 받으며 연기를 한다는 중압감을 떨칠 수 없었다. 마리사는 두어 번 실수를 했고, 또 두어 번 더 좌절을 했다.

힘이 쪽 빠졌다가 다시 생겨났다. 마리사는 스스로에게 아까보다 더 잘하고 있다고 격려했다. 그리고 공황 상태가 멈출 때까지 기다리며 가만히 있었다. 그러다가 루이스 엔리케가 시키는 대로 따라 하면서 결국 그 두 시간 동안 처음에는 생각지도 못한 일을 해냈다. 바로 무대 위에서 편해지고 즐기는 경지에 이른 것이다. 어느새 마리사는 마리사 파르도 푸스테르는 잊어버리고, 작품 속에서 루이스 엔리케가 맡은 남자 주인공과 푸엔산타가 연기하는 남자 주인공의 애인 사이에서 시종일관 사고만 치는 소심한 여자, 루크레시아로 변해 있었다.

확실히 루이스 엔리케는 좋은 사람이었다.

문제를 해결하는 능력이 있고, 남을 가르칠 줄 알고, 애정이 많고, 유순하고, 친절했으며 동시에 확고하고 단호했다. 루이스 엔리케는 자신이 원하는 것과 그것을 요구하고 이끌어 내는 법을 알고 있었다. 또 모두들 배우 놀이를 하는 얼뜨기 같은 자신의 모습을 버리는 중이라는 것도 잘 알았다. 무엇보다 루이스 엔리케는 연습을 반복했다. 모두들 즐기기 위해, 뭔가 다른 것을 하기 위해, 인생에 한 번, 관중이 아닌 주인공이 되고 싶어 그곳에 있었다. 루이스 엔리케는 이따금 이런 말을 했다.

"누가 알아? 너희들이 언젠가 지금 이걸 쟁쟁한 이력의 첫걸음이었다고 기억할지."

루이스 엔리케는 그런 다음 마리사를 보며 어린아이 같고, 기분 좋고, 빛나고 따뜻한 미소를 짓곤 했다.

마리사는 푸엔산타와 함께 연기하는 장면이 많았다. 그래서 둘은 연습 시간뿐만 아니라 그 외의 자리에서도 만나며 시시콜콜한 이야기까지 하게 됐다. 푸엔산타는 마리사보다 한 살쯤 더 많았지만, 만 열일곱 살이 되려면 아직 한참 남은 마리사와 달리 이미 열여덟 살 생일이 지난 상태였다. 푸엔산타는 키가 컸고, 누가 공들여 조각한 것처럼 이목구비가 뚜렷했다. 두 눈은 깊고 강렬했으며 그 위에는 짙은 눈썹이 자리 잡고 있었다. 코는 오똑했지만 크지 않았고, 완벽한 대칭을 이룬 입술은 자연스럽고 선명한, 약간 어두운 빛을 띠고 있었다.

하지만 무엇보다 사자 갈기처럼 긴 검은 머리가 환상적이었다. 푸엔산타의 머리는 아말리아의 붉은 머리보다 더 길었고 마치 깃발처럼 나부꼈다. 성격은 강했다. 그녀의 몸도 이런 성격을 반영하는 것 같았다. 가슴은 크고 몸의 굴곡도 확실했다. 체형 또한 어른이 되었을 때 뚱뚱한 몸매가 될까 봐 전전긍긍하는 마리사와는 달리 여성스러운 자태를 자랑했다. 마리사는 '관능미' 야말로 푸엔산타를 잘 말해 주는 단어라고 생각했다. 푸엔산타는 관능미를 제대로 풍겼지만, 그렇다고 그것이 과하거나 꾸며 낸 것이 아니라 원래 타고난 것 같았다. 배우는 푸엔산타에게 딱 맞는 일이었다. 푸엔산타는 무대를 휘젓고 다녔고, 목소리는 쩌렁쩌렁했으며, 입을 크게 벌리고 웃어 활기가 넘쳤다. 그러나 말없이 쳐다볼 때는 그 눈빛이 너무 강렬해서 화가 나 있는 경우라면 상대방이 움츠러들 정도였다.

어떤 면에서 마리사는 푸엔산타의 비호 아래 있는 기분이었다.

"루이스 엔리케가 너보고 재목이라고 했으면 그런 거야."

"전 잘 모르겠어요."

"걔 말 귀담아 들어. 그 방면으론 재능이 있는 애니까."

"서로 알고 지낸 지 오래됐어요?"

"열네 살 때부터 같은 반이었어."

"좋은 사람인 것 같아요."

"좋은 사람이야."

푸엔산타는 '좋은'에 힘을 주며 말했다.

마리사와 푸엔산타는 다시 연기를 하며 심각해져라, 웃어라, 기다려라, 대사를 해라 등의 루이스 엔리케의 지시를 받았다. 그녀 둘뿐 아니라 나머지 모두가 그랬다. 안토니오는 재미있는 아이였다. 수시는 섹시하게 하고 다녔다. 파블로, 마르코스, 카르멘, 루이사는 상반된 성격을 보였는데, 파블로는 진지했고 루이사는 쉴 새 없이 신소리를 해댔다. 마리사는 최근 들어 연습하는 그 두 시간만큼 시간이 빨리 지나간다고 느낀 적이 없었다.

빠르기도 했지만 행복한 시간이었다. 연습이 끝나고 나면 마리사는 벌써 시간이 그렇게 됐나 싶어 놀랐다.

그리고 행복했다.

"어때?"

둘만 남게 되자 루이스 엔리케가 냉큼 마리사에게 물었다.

"좋아요."

"난 베리 굿인데?"

루이스 엔리케가 말했다.

"내가 말했잖아."

"흠, 김칫국부터 마시지 말아요."

"너한테 몇 가지 할 말이 있는데, 집으로 갈 거니?"

"네."

"같이 가도 될까?"

"그러세요."

마리사와 루이스 엔리케는 뒷정리를 시작했다. 다른 아이들은 이미 갔거나 무대 아래 관객석을 따라 출구 쪽으로 걸어가고 있었다. 위에는 푸엔산타만 남아 있었다. 마리사는 푸엔산타가 자신을 관찰하고 있다는 것을 느꼈다.

마리사는 고개를 돌렸다.

푸엔산타가 마리사에게 미소를 보였다.

"다음에 보자."

푸엔산타가 말했다.

"네, 고마워요."

마리사가 대답했다.

푸엔산타의 시선은 사라지지 않았다. 고집스럽고 끈질기게 그대로 남아 있었다. 마리사는 가방을 어깨에 멨다. 루이스 엔리케는 언제나처럼 손에 책을 들고 있었다. 둘은 옆 계단으로 내려왔다. 푸엔산타는 여전히 위에 있었다.

마리사는 계속 자신의 등에 꽂힌 시선을 느꼈다.

루이스 엔리케와 함께 이미 무대를 벗어나 느긋하게 걷기 시작했을 때도, 시선은 그곳에 머물러 있었다.

두 번째 요소

고독은 너무나 단호하고 강해 심장에 난 검은 구멍처럼 마리사를 삼킬 듯했다.

마리사는 그때만큼 마음이 스산한 적도 없었다.

죽고 싶을 만큼 싸늘한 마음. 보이지 않는 고통. 존재의 고통.

마리사가 울음을 터뜨리자 그 검은 구멍이 조금씩 그녀를 삼켰다.

14

다시 거울 앞이다.

강력하게 빨아들이는, 참으로 독특한 방식으로 마리사에게 거는 최면술 같다.

마리사와 거울.

며칠 전에는 불안감, 혼란 그리고 질문이 남아 있었다. 이제는 온갖 의문과 발가벗은 그녀의 자아가 만들어 낸 수수께끼들까지 생겼다. 마리사의 두 눈을 내리치는 것은 백만 분의 일 초 전에 투영된 영상이라기보단, 먼 과거에서 와서 이상한 미래로 가고 있는, 마리사도 모르는 모습이었다.

"어디 보자."

마리사는 거울 속 여자에게 말했다.

"넌 누구니?"

마리사는 깨끗이 닦아 놓은 유리 표면에서 불과 몇 센티미터 떨어질 때까지 거울 앞으로 다가갔다. 거울에 비친 모습은 가까이서 본 탓에 일그러져 불완전해 보였고 거울을 꽉 메웠다.

마리사가 한숨을 쉬자 거울에 희미한 입김이 서렸다. 거울 오른편으로 욕조, 커튼, 토요일 밤에 샤워하던 아말리아를 훔쳐 본 공간이 보였다.

그때 그 장면은 마리사의 머릿속에 사진처럼 박혀 있었다.

아름다우면서도, 불안감이 드는 사진이었다.

마리사는 눈을 감고 거울에서 멀어졌다. 그러고는 발가벗은 몸을 수건으로 가리고 욕실에서 나와 방으로 갔다. 방에 들어온 마리사는 수건이 바닥에 떨어지자 거울 속에 비친 자신의 모습을 봤다. 토요일 아말리아와 지칠 때까지 웃고 떠들며 함께했던 침대는 어느새 과묵하고 멋있는 동맹자가 되어 있었다.

방 안의 거울은 달라져 있었다.

하지만 마리사는 여전히 고민에서 벗어날 수 없었다.

"뭔가 말 좀 해 봐."

마리사는 또 다른 자신의 자아에게 애원했다.

마리사는 왜 이따금 자신의 몸을 증오했을까? 또 왜 이따금 그와는 정반대의 생각이 들었을까?

그날 밤, 왜 마리사가 원했던 것이 애무였을까?

비록 자신의 손으로 하는 거였을지라도 말이다.

"네가 느끼는 게 대체 뭐야?"

마리사는 스스로에게 이렇게 물었다.

그러고는 자신을 더 잘 알기 위해 그 텔레비전 방송의 전문가가 말한 대로 성기를 관찰했던 날을 떠올렸다. 마리사는 자신과 '순수하고 아름다운 괴물'을 봤다. 처음에는 거울로, 나중에는 손가락으로 그곳을 탐색했다. 마지막에는 욕구와 의문만 남았다. 그 당시에는 머릿속에서 의문을 잠시 내려놓았지만, 어느 순간에는 다시 들추어내야 했다. 마리사는 자신의 과거와 현재에 너무나 많은 구멍이 있어서 마치 그뤼에르 치즈(스위스산 치즈로 작은 구멍이 전체에 흩어져 있는 것이 특징이다-역주)가 된 것 같았다. 그런 기분으로 미래로 가고 싶지는 않았다. 무엇보다 마리사에게는 중요하고 본질적인 문제가 남아 있었다. 바로 지금껏 한 번도 자위를 해 본 적이 없다는 것이었다.

왜일까? 두려움 때문에? 아니면 가톨릭 교육의 영향 때문일까?

다른 여자아이들도 자위를 할까? 언제? 어떻게? 보통 몇 살에 시작할까?

아말리아도 해 봤을까?

마리사는 계속 거울 앞에 미동도 하지 않은 채 서 있었다. 마리사는 또다시 다른 사람이 된 것처럼 눈앞에 있는 여자가 오른손을 성기 쪽으로 가져가는 것을 바라봤다. 손가락은 먼저 음모 주변을 맴돌았다. 그런 뒤 조금 더 아래로 내려와 질 속 어두운 곳으로 들어갔다. 질이 살짝 벌어졌다. 마리사의 손가락은 알지 못하는-그러나 마리사의 한 부분이기도 한-축축하고 비단처럼 부드러운 그 세계를 느꼈다. 눈은 그곳이 있는 쪽을 보지 않은 채 거울 속에 투영된 눈에 고정되어 있었다. 마리사의 눈은 그곳에 없기를 바랐고, 인정하고 받아들여야 하는 대상을 회피했다. 거울 속 여자는 자기 자신을 만지고 있었다. 마리사는 아니었다. 거울 속 여자는 다르면서 좋은 그 뭔가를 느끼기 시작했다. 마리사는 아니었다. 거울 속 여자는 몸을 부르르 떨며 손가락이 천천히, 그러나 리듬감 있게 움직이도록 내버려 뒀다.

첫 오르가슴은 마리사를 황홀에 빠지게 했다.

두 번째 오르가슴은 마리사의 몸을 좀 더 떨게 만들었다.

마리사는 거울 속 자신의 눈에서 시선을 돌렸다. 그러고는 성기와 손을 바라봤다. 그 다음에는 침대였다. 물론 욕조에서 비누 범벅이 된 체할 수도 있었다. 마리사는 침대에 누워 하기로 했다. 눈을 감고 손이 가는대로 두기만 하면 되는 것이다. 그러고는 머릿속에 영상을 떠올렸다.

잘생긴 배우, 아니면 루이스 엔리케, 아니면…….

왜 아말리아가 나타난 걸까?

마리사는 눈을 뜨고 다시 자신을 바라봤다. 그러자 갑자기 알 수 없는 두려움이 자아의 가장 깊은 곳에서 코르크가 빠지듯 밀려 나와 괴로워하는 천박한 죄인이 된 기분이 들었다.

마리사의 손은 점점 더 빨라지는 리듬을 놓치더니 허벅지 사이에서 물러났다.

마리사는 손을 코로 가져가 냄새를 맡았다. 이제껏 자신의 체취를 맡아 본 적이 없었다. 자신의 향이었지만 그것을 깨닫고 새로운 느낌을 알게 된 건 그때가 처음이었다.

이것을 '자기 자신을 아는 것' 이라 할 수 있을까?

그렇다면 마리사는 왜 망설였을까?

마리사는 그만큼 멀리 간 적이 없었다.

그래서인지 한숨을 쉬고 체념했다.

가슴에 머리를 파묻고 두 손을 양옆에 놓고는 마리사에게서 거의 눈을 뗀 거울 속 여자의 시선을 피했다.

그 거대하고 알지 못하는 여자로부터 말이다.

마리사는 침대로 가서 마치 중요한–물론 마지막은 아니겠지만–기회를 놓친 기분으로 잠옷을 입었다. 마리사가 가지고 있던 의문, 불안감, 초조, 질문들은 그대로였고, 이제 여기에 마리사를 마비시키고 논

리적으로 생각할 수 없게 만드는 두려움이 더해졌다.

마리사의 안에서 뭔가가 외치고 있었다.

마리사는 그것이 무엇인지, 또 왜 그러는지 알 수 없었다.

마리사는 침대 속으로 들어가 토요일, 아말리아가 차지했던 자리를 바라보고는 불을 껐다.

아마 거울 속 여자는, 마리사가 숨죽여 우는 소리를 들었을 것이다.

15

루이스 엔리케는 지하철 출구 쪽에서 마리사를 기다리고 있었다. 루이스 엔리케가 고개를 돌리며 놀래기 전에 마리사는 지하 내부에서 쌩하니 불어온 따뜻한 바람에 펄럭이던 치마 매무새를 가까스로 가다듬었다.

루이스 엔리케는 마리사를 보자 환한 미소를 머금었다.

"안녕."

루이스 엔리케가 인사했다.

마리사는 어떻게 해야 할지 잘 몰랐던 탓에 루이스 엔리케가 먼저 말을 걸며 자신에게 다가와 뺨에 입맞춤을 해 준 것이 기쁘기까지 했다. 한 번은 왼쪽 뺨에, 다른 한 번은 오른쪽 뺨에 한 입맞춤이었다. 루이스 엔리케는 자신의 행동을 빗대며 이렇게 말했다.

"우리가 중남미에 살지 않는 게 얼마나 다행인지 몰라."

"왜요?"

"콜롬비아 같은 나라에서는 인사할 때 입맞춤을 한 번만 하잖아."

"세 번 하는 나라도 있는걸요."

마리사가 겸연쩍은 듯 말했다.

"그러게 말이야."

둘은 웃음을 터뜨렸다. 그러고는 그대로 어떻게든 지하철역에서 빠져나올 생각에 걷기 시작했다. 둘 다 뚜렷한 행선지는 없었지만─나중에 알게 되긴 했지만─루이스 엔리케가 앞장서고 마리사가 그를 따라 차가 없는 틈을 타 차도를 건넜다. 도로 건너편에 다다르자 루이스 엔리케는 잠시라도 어색한 침묵이 흐를 틈을 주지 않았다.

"아말리아는 어때?"

"좀 괜찮아졌어요. 환절기 감기인걸요, 뭐. 게다가 알레르기도 있고……."

"난 아말리아가 아프다니까 괜히 좋은 거 있지."

루이스 엔리케가 심술궂게 말했다.

"왜요?"

마리사가 눈살을 찌푸리며 물었다.

"그러니까 네가 나랑 데이트하러 나온 거잖아."

"말도 안 되는 소리 좀 그만해요."

"너흰 늘 붙어 있잖아."

"제일 친한 사이라 뭐든지 함께하니까요. 이상한 건 오빠예요."

"나야 외톨이지."

"도통 이해가 안 가요."

"뭐가?"

"오빠 얼굴이 두 개인 것도, 코가 세 개인 것도 아니잖아요."

"그래. 그런데 원래 우리 천재들은 이상한 법이거든."

"하하."

마리사가 야유를 보냈다.

"알았어. 난 천재는 아니야. 그런데 나랑 친한 사람들이 많진 않아."

"자기 얘기를 털어놓거나 비밀을 나눌 사람이 아무도 없어요?"

"내가 꽤 신중한 편이라 아무에게도 아무것도 말하지 않거든."

"그건 신중한 게 아니에요."

마리사가 말했다.

"그런 건 폐쇄적이라고 하는 거라고요."

"뭐, 그래."

루이스 엔리케가 체념한 듯 말했다.

"모든 걸 속에만 담아 두는 건 정상이 아니에요."

"너랑 아말리아는 뭐든지 다 말하니?"

"네."

"참 좋겠다."

루이스 엔리케가 수긍했다.

"그럼요. 난 사람을 싫어하며 살진 못할 거 같아요."

"하지만 완전히 네 자신을 열어 보이는 건 불가능하지 않아? 아무리 제일 친한 친구라도 말이야."

"그렇게 생각한다면 오산이에요."

"그래도 말하지 못하는 뭔가가 있을 거야."

루이스 엔리케의 말은 마리사를 생각에 잠기게 했다. 그의 말대로 뭔가가 있었다. 마리사는 아말리아에게조차 자신이 어떻게 느끼는지, 무슨 일이 일어나고 있는지, 자신을 관통하는 그 이상한 생각들이 어떤 종류의 것인지, 어떤 식으로 별안간 물음들이 생겨나게 되는지 말하지 않았다. 뿐만 아니라 거울이나, 자신의 의문과 감정, 머리부터 발끝까지 자신을 가로지르는 것에 대해서도 전혀 말하지 않았다. 마리사는 아말리아에게 혹시 자위를 해 봤는지, 처음 한 게 언제인지, 이따금 하는지, 혹은 자위를 할 때 무슨 생각을 하는지도 물어본 적이 없었다.

마리사에게는 아직 꺼내기 부끄러운 이야기였다.

"우리 어디 가요?"

마리사는 화제를 바꿨다.

"영화 보러 가기로 했잖아."

"아, 맞다. 미안해요."

"싫으면 딴 데 가도 돼."

마리사는 두려웠다. 그건 급작스럽고 직관적으로 찾아온 두려움 중 하나였다. 마리사는 오후 내내 루이스 엔리케와 수다를 떨고, 산책을 하거나 테라스에서 뭔가를 마시며 보냈다.

마리사는 왜 이렇게 갑자기 두려움이 밀려왔는지 도무지 알 수 없었다.

"아니에요. 영화 보는 거 좋아요."

마리사가 대답했다.

"알았어. 근데 우리 결국엔 작품 얘기하다 끝나는 거 아닌가 몰라."

"원한다면 저야……."

"아니!"

루이스 엔리케가 뭔가 떼어 내는 시늉을 했다.

"연습으로도 이미 충분해."

"그렇지만 연극은 오빠의 세계잖아요."

"바로 그래서야. 넌 그 세계에 발을 들이지 않는 게 좋아. 날 봐. 결국 골치 아프고 지루한 사람이 됐잖아."

108

"저더러 스스로를 피곤하게 만드는 스타일이라고 하던데요?"

"누가 그래?"

"아말리아요."

"걔 좀 만나 봐야겠다."

"왜요?"

"나한테도 이것저것 얘기 좀 해 달라고 말이야."

"꿈도 꾸지 마요."

마리사는 부드러운 미소를 머금었다.

극장이 벌써 눈앞에 있었다. 상영관은 열한 개였다. 젊은 남녀 무리, 그룹 또는 커플로 온 청소년들, 아이들과 함께 있는 부모들이 표를 사기 위해 자신의 차례를 기다리며 여러 매표소 앞에 줄지어 서 있었다.

"어떤 거 볼까?"

루이스 엔리케가 물었다.

"무술 영화나 자극적인 미국 청소년 영화만 아니면 돼요."

"이탈리아랑 프랑스 영화도 빼자."

"그러면 다섯 개 중에 고르면 되겠네요."

"경찰 영화 어때?"

"이미 본 거예요. 코미디 영화는요?"

"그건 내가 본 거야."

"그럼 로맨틱 영화만 남았네요. 전 이 영화 내용 전혀 몰라요."

"난 예전에 사랑 얘기라면 질색했었어."

루이스 엔리케가 말했다.

"대부분은 너무 오글오글하더라고."

"전 로맨틱 영화는 항상 좋던데. 물론 잘 만들어지고 스토리도 좋아야 하지만요. 꼭 눈물 나는 내용이 아니어도 괜찮아요."

"그럴 줄 알았어."

"네? 왜요? 제가 여자라서요?"

"그게 아니라, 내가 보기에 넌 로맨틱하거든."

"누구나 다 로맨틱한 면이 있잖아요."

"쟤네도 그런 거 같니?"

루이스 엔리케는 험한 인상의 남학생 셋을 가리켰다. 그들은 무술 영화에 대해 목에 핏대를 세우며 말하는 중이었다.

마리사와 루이스 엔리케는 매표소로 다가갔다.

"쟤네들도 심장은 있겠죠."

"그래, 집에 잘 간수해 놓았겠지……."

"누가 들으면 비하 발언이라고 하겠어요."

마리사가 화들짝 놀라며 말했다.

"그럴 의도는 아니었지만 상스러운 건 참을 수가 없어서 말이야."

루이스 엔리케는 표를 파느라 정신없는 여자 위쪽에 붙어 있는 영화 시간표를 손가락으로 가리키며 덧붙였다.

"그럼 로맨틱 영화 보는 거지?"

마리사는 확신이 없었다. 하지만 울게 만드는 영화라면 울고 싶다고 생각했다.

바보처럼 말이다.

"네."

마리사가 어쩔 수 없다는 투로 말했다.

이제 마리사와 루이스 엔리케의 차례였다.

그 순간, 마리사는 루이스 엔리케와의 첫 데이트에서 보는 영화가 로맨스라는 사실을 깨달았다.

16

아말리아는 지금 듣고 있는 말을 믿을 수가 없었다.

"너한테 키스를 했다고?"

"응."

"말해 봐, 어서! 오 마이 갓!"

마리사는 아무 일도 아니라는 시늉을 했다.

"아무것도 아니야. 극장에서 영화가 끝날 무렵에 한 거, 그게 다야."

"그게 다야?"

"그렇다니까."

"말도 안 돼!"

아말리아는 팔짱을 꼈다.

"자세하게 좀 말해 봐! 죄다, 야한 부분까지 다!"

아말리아가 짓궂은 표정을 지었다.

"특히 그 야한 부분, 알겠지? 하나도 빠뜨리지 마."

"아, 제발!"

"나 아말리아야. 알지? 부끄럽다고 하기만 해 봐."

"그게 아니라, 진짜 특별한 게 전혀 아니었다니까."

"끝내주는 남자랑, 그것도 아무리 아마추어라도 같이 연극을 연습하고 있는 남자랑 데이트를 하고 벌써 키스까지 했는데, 이게 그냥 소풍 간 거랑 같니? 당연히 특별했겠지! 키스는 좋았어?"

"나쁘지 않았어."

"오······!"

아말리아는 마리사의 목을 조르려는 듯 손을 갈고리 모양으로 만들었다. 순식간에 몸이 다 낫기라도 한 것처럼 흥분한 목소리로 말했다.

"가끔 너란 애는······. 암튼 다 어떻게 시작된 거야?"

"영화는 참 좋았어."

마리사는 체념했다.

"배우들 연기도 좋았고. 멋진 대화가 오가고, 메모해서 간직할 만한 대사도 나왔어. 처음에는 서로 몇 마디 귓속말을 했는데, 별안간 나한테 뭔가 말하더니 자기 손을 내 손 위에 포개는 거야. 한참 그러고 있었던 것 같아. 난 이미 온몸이 얼어 있었고. 어찌할 바를 모르겠더라고."

"그 손을 치우면 그 오빤 밀어내는 거랑 같으니까."

"그때 다시 내 귀에 대고 무슨 말을 하더니 팔로 내 어깨를 감쌌어. 그러더니 괜찮냐고 묻는 거 있지."

"그렇게 물어봤다고?"

"응."

"진짜 섬세한 남자군. 계속해 봐."

"그냥 그렇게 영화를 보는 건 너무 불편했지만 나는 꼼짝도 못 하고 있었는데······."

"그런데 키스를 했구나?"

"영화가 다 끝날 무렵에. 갑자기 날 쳐다보는 게 느껴지는 거야. 나도 같이 쳐다봤지. 그랬더니 눈을 그대로 마주친 채 내 쪽으로 천천히 다가왔어. 그때가 바로······."

"쪽!"

아말리아가 외쳤다.

"차라리 그 오빠를 그렇게 부르지 그러니."

"넌 돌처럼 굳어 있었지?"

"나야 놀랐지. 완전 뒤통수 맞은 기분이었거든."

"넌 그 오빠 좋아?"

"그런 거 같아. 좋은 사람인데······. 나도 잘 모르겠어."

"심장이 벌렁벌렁거리고, 온갖 난리를 친 거 말고 넌 어떻게 했는데?"

"아직도 어떻게 된 건지 모르겠어. 정말이야."

마리사가 말했다.

"어쨌든 가만히 있지는 않았을 거 아니야?"

"응."

"키스할 때 너도 같이 했어?"

"내가 어떻게 같이 하니?"

"야, 너 정말 답답하다. 넌 가만히 아무것도 안 하고 있었다고? 네가 입을 벌려야 그 오빠가 자기 혀를 넣고, 너도 넣고 그럴 거 아니야? 키스는 길었어? 아니면 짧았어?"

아말리아의 경직된 목소리를 들으면 마치 무슨 슬픈 일이라도 생긴 것 같았다. 실은 그게 아니었지만. 마리사는 문득 이런 생각이 들었다. 왜 아말리아에게 그 일을 소리도 지르고 웃기도 하며 들뜬 마음으로 말하지 못했을까?

"꽤 길었어."

마리사가 털어놨다.

"눈을 감았더니 오빠가 자기 입술로 내 입을 벌렸어. 그런 뒤에 천천히 내 혀를 스치는 오빠의 혀가 느껴졌어. 아직도 어떻게 된 건지 얼떨떨하지만, 거기에 내 혀도 있었고……. 어쨌든 나도 응했던 거 같아. 뭐, 암튼 너도 알잖아."

"그래, 알고 말고."

아말리아는 짜증 난 투로 말했다.

"그런 뒤에 서로의 눈을 바라보며 있었겠지. 한 쌍의 바보처럼 말이야."

"맞아."

"그 오빠 얼빠진 표정으로, 넌 입을 헤벌린 채?"

"응."

"그 다음엔 어떻게 됐어?"

"아무 일도 없었어. 영화가 끝나서 나갔지 뭐. 그런데 그때 다시 하려고 하더라고."

"다시 하려고 했다고?"

아말리아가 말했다.

"그래서 내가 말했지. 너무 진도가 빨리 나간다고."

"거봐! 완전 좋았겠구먼. 세상에 쉬운 일은 없다는 말도 틀리다니까."

"내가 오빠한테 왜 그랬냐고 물어봤어."

"오, 노!"

아말리아가 순식간에 몸이 안 좋아지기라도 한 듯 다시 손을 얼굴로 가져갔다.

"그랬더니 나를 많이 좋아해서 그랬대."

"음."

"그리고 날 사랑한대. 처음 봤을 때부터 지켜봤다면서."

"그 오빠가 그렇게 말했어?"

아말리아가 눈을 번뜩이며 말했다. 마리사가 수긍을 하자 이렇게 덧붙였다.

"네가 말한대로?"

"응."

"그럼 너한테 고백한 거네."

"꼭 그런 건 아니야."

"그래."

아말리아는 특유의 이상한 표정을 지었다.

"넌 뭐라고 대답했는데?"

"난 아무 말도 안 했어."

마리사는 아말리아가 소리를 지르기 전에 말을 이어 갔다.

"아무 말도 안 하는 게 나을 거 같아서 그냥 계속 걸었어. 그러다 뭐라도 마시려고 잠시 앉았는데 더 이상 그 얘기는 안 했어."

"믿을 수가 없네."

아말리아는 한 손을 이마에 갖다 댔다.

"열이 나는 거 같아. 암튼 그래서 다시 너한테 키스를 하거나 그런

116

시도도 안 했다는 거야?"

"응."

"내가 무작정 놀라는 게 아니라, 어떻게 그렇게 빨리 진도를 나갈 수 있나 싶어 그러는 거야. 그것도 진지하게 말이야."

"너야 뭐든지 쉽잖아."

마리사가 말했다.

"그 오빠가 좋긴 한데 나도 내 마음이 진지한지 아닌지 모르겠어."

"그게 뭐가 중요해? 기분 좋게 했음 그만이지! 알아내 봐. 이건 사랑이나 우정뿐만 아니라 모든 관계에서 중요한 거야. 네가 느끼는 그게 뭔지 알아내는 거 말이야. 게다가 지금 너희 둘은 같이 공연 연습도 하잖아. 어떻게 될지 그냥 시간에 맡겨 봐. 그 오빠가 별로인 거 같으면 끝내 버리면 되는 거고. 관계가 빨리 진전되는 게 싫으면 그렇다고, 힘들게 하지 말라고 말해 버려. 난 그 오빠 괜찮은 사람인 거 같아. 많은 대화를 나눠 본 건 아니지만 믿음직해 보이던걸? 게다가 잘생기고 다정하잖아! 진지하게 사귀라는 게 아니라고. 진짜야! 이제 우리 둘 다 남자친구를 옆에 끼고 다니기만 하면 되는 거네! 내가 발타사르랑 사귀는 건 어때? 암튼 어떻게 될지 넌 그냥 지켜보기만 하면 돼."

아말리아는 흥분으로 몸서리를 쳤다. 그러다 심각해진 마리사의 얼굴을 보자 마리사의 한 손을 잡고는 물었다.

"마리사, 왜 그래?"

"나도 모르겠어. 여기에 뭔가 있는 거 같아……."

마리사는 가슴 윗부분을 건드리며 말했다.

"나 너무 혼란스러워."

"그래. 너 요 며칠간 진짜 이상하긴 했어."

아말리아가 말했다.

"얼빠진 채 계속 걱정만 했잖아. 잘 웃지도 않고⋯⋯. 만사 귀찮은 것처럼 말이야."

"미안해."

"아이 참."

아말리아는 몸을 약간 기울여 마리사를 끌어안았다.

"침대에 드러누워 죽을 만큼 몸이 안 좋은 건 나라고."

마리사는 아말리아에게 몸을 맡긴 채 가만히 있었다.

마리사는 아말리아에게 솔직해져야 한다고 생각했다. 자신에게 무슨 일이 일어나고 있는지, 내면에 두 갈래로 나뉜 마음이 어떤 건지, 거울 속 자신을 보면서 무슨 생각을 하는지 다 털어놔야 한다고 생각했다. 가장 친한 친구와 함께 나눠야 하는 이야기였다.

하지만 갑자기 루이스 엔리케의 진실하고 따뜻한 키스보다 아말리아의 포옹이 더 좋아졌다고 어떻게 말할까?

또 마리사 자신은 이것을 어떻게 받아들여야 할까?

17

마리사와 푸엔산타는 극 중에서 가장 재미있는 장면 하나를 같이 연습했다. 모두를 웃게 만들고 진심 어린 박수를 받은 후에, 둘은 관람석에 앉아 쉬면서 다른 단원들이 루이스 엔리케의 지시에 따라 연습하는 것을 멀리서 지켜봤다. 루이스 엔리케는 배우들 각각의 자리를 배치하고, 동선은 어떻게 되는지, 장면을 연출하기 위해 서로 어떻게 움직여야 하는지를 설명하고 있었다.

푸엔산타가 마리사를 지금처럼 꿰뚫듯이 노골적으로 쳐다본 게 처음은 아니었다. 압도적인 성격과 강렬한 눈빛 때문에 푸엔산타를 피하기 어려웠다. 둘만 있었기에 이번에는 마리사가 푸엔산타에게 시선을 되돌려 주었다.

그러나 푸엔산타가 내보내는 자신에 찬 눈빛에 기가 눌리는 것 같았다.

"너 연기 참 잘해."

푸엔산타가 말했다.

"저요? 전혀 아닌데."

"겸손한 척은. 사람들이 계속 그렇다고 우겨 주기를 바라는 거야?"

"그게 아니라 제가 그렇지 않다는 걸 잘 알아서……."

"잘한다니까."

푸엔산타가 마리사의 말을 끊으며 말했다.

"너 정말 실력 있어. 연습, 헌신, 노력 같은 게 더 필요하겠지만, 무엇보다 너한텐 스스로를 믿는 것이 중요해 보여. 너 연기 학원 다녀 보는 게 어때?"

푸엔산타의 말투, 목소리, 말하는 방식은 힘이 넘쳤다. 그러나 그 때문에 거리가 멀게 느껴지거나 푸엔산타가 어른인 척한다고 생각되긴커녕, 마리사는 오히려 든든하고 따뜻하게 느껴졌다. 푸엔산타는 진심으로 말하고 있었다. '그녀'의 진심은 푸엔산타의 성격만큼이나 강렬했다.

"한 번도 그런 생각은 안 해 봤어요."

"그럼 생각해 봐. 루이스 엔리케가 보는 눈이 있다니까. 네가 그 증거고."

"언니도……."

"나도 알아."

푸엔산타가 말했다.

"누가 나한테 굳이 말 안 해도 말이야. 내 꿈이 배우가 되는 거니까. 이젠 네 차례야. 너도 이 길을 걸을 수 있어."

"그런데 언니는 제가 잘하는지 어떻게 아세요?"

"그런 걸 직감이라고 하지. 물론 너만 봐도 아는 거지만. 넌 무대에서 잘하잖아. 그건 대사처리만큼이나 중요해. 넌 듣기 불편하거나 장황하게 대사를 읊지 않으니까. 게다가 넌 무대에 있을 때 너 자신을 버리는 보기 드문 능력을 지녔어."

푸엔산타는 무대를 가리켰다.

"그리고 네가 맡은 인물로 변하잖아. 우리 연기자들은 양파와 같아. 껍질 하나하나가 딱 그 작품을 위해서만 필요한 양파인 셈이지. 물론 넌 대사도 쉽게 외우고, 바닥 줄눈을 볼 필요도 없이 정확한 위치에 자리를 잡을 줄도 알아. 다른 세세한 부분도 마찬가지로 잘하고. 내가 완벽한 전문가는 아니지만, 열두 살 때부터 내가 할 수 있을 때, 할 수 있는 곳에서 연기를 해 왔기 때문에 하는 말이야."

"언니는 연기 학원 다녀요?"

"응."

"전문적으로 연기를 해 본 적이 있어요?"

"거기에 대해선 나도 루이스 엔리케와 같은 생각이야. 서두르지 않고, 공부하고, 가치 있는 기회를 찾을 줄 아는 게 더 중요한 것 같아. 난 내 나이에 오디션이나 보러 다니며 시간을 허비하고 싶진 않아. 엑스트라로 출연하거나 돌머리들 천지인 텔레비전 드라마에 나오는 것도 싫고."

"오빠랑 언니는 소신이 뚜렷하군요."

마리사가 말했다.

"중요한 건 깨닫는 거야. 그게 언제든 간에."

푸엔산타가 분명한 어조로 말했다.

"물론 아흔이 되기 전이어야겠지만."

마리사는 무대 쪽을 바라봤다. 루이스 엔리케가 카르멘, 루이사, 수시를 각자의 자리에 배치하고 있었고, 나머지 '극단' 단원들은 그의 지시를 기다리고 있었다. 새로운 단원 두 명까지 들어와 캐스팅이 완성된 상태였고 특유의 즐거운 분위기가 감돌고 있었다. 그때문은 아니었지만 루이스 엔리케가 종종 화를 내는 일도 없어졌다. 화를 내더라도 결국 끝에는 다 같이 웃고 농담을 하곤 했다. 마리사는 루이스 엔리케가 배우보다는 감독에 더 잘 어울린다고 생각했다. 각자의 최대치를 뽑아낼 줄 알았기 때문이다.

마리사의 경우도 마찬가지였다.

"연기를 편안한 기분으로 하는 건 사실이에요."

마리사는 다시 푸엔산타 쪽으로 고개를 돌리며 말했다.

"연기하는 게 좋아요. 저한테는 모든 게 새로운 발견이에요. 다만 지금 편하게 느끼는 게 취미라 생각해서 그런 건지, 아니면 나중에 진지하게 연기하면 다를지 잘 모르겠어요."

"졸업하면 뭐할지 결정했어?"

"아니요."

"직업적으로 하고 싶은 일이나, 아니면 어떻게 살고 싶다, 뭐 그런 건 있을 거 아니야?"

"없어요."

마리사는 솔직하게 말했다.

"수의학, 생물학 등 몇 가지 좋아하는 게 있긴 해요."

무대에서 루이스 엔리케가 외치는 소리가 들렸다.

"어이, 거기 아래! 좀 조용히 좀 해!"

푸엔산타가 혀를 쏙 내밀었지만 루이스 엔리케는 보지 못했다. 대신 다시 등을 돌려 무대 연출과 모두가 대사를 주고받으며 서로 오고 가는 동선을 짜느라 여념이 없었다. 마리사와 푸엔산타가 돌아오는 것으로 완성될 작품의 마지막 장면이었다.

마리사는 동조의 의미로 입술 사이로 혀를 쏙 내밀었다. 지난번 키스의 자취가 남아 있는 곳이었다.

마리사는 이상하게도 푸엔산타에게 속마음을 들킨 것 같았다.

"질문 하나 해도 될까?"

"네."

"개인적인 건데."

푸엔산타가 경고하듯 말했다.

"하세요."

마리사가 대답했다.

"너랑 루이스 엔리케 말이야……."

마리사는 놀라기도 했지만 동시에 민망함을 느꼈다. 하지만 푸엔산타에게 상관하지 말라고 말할 용기는 없었다. 처음에는 얼굴이 붉어졌다가 나중에는 망설였다.

"우리가 무슨 사이라도……."

마리사는 문장을 채 끝내지 못했다.

"애인 사이냐고."

"아니, 아니요."

마리사는 지나치게 빨리 대답했다.

"왜요?"

"적어도 루이스 엔리케는 티가 나잖아."

"아, 그래요?"

"걔 완전 사랑에 빠진 거 같던데?"

"에이, 생사람 잡지 말아요."

마리사는 애써 미소를 지어 보였다.

"남자들은 속이 훤히 다 보이거든. 설마 눈치 못 챘다고 하진 않겠지?"

"전 잘 모르겠던데요?"

"아냐, 넌 알고 있어."

푸엔산타가 단호하게 말했다.

"전 한 번도 그런 생각을 한 적이 없어서요. 우린 친구 같은 사이인걸요."

"넌 개 좋아해?"

마리사는 대답하는 데 필요한 힘을 끝내 모으지 못했다. 그 질문은 아말리아가 마리사에게, 마리사가 스스로에게 한 것과 같았다. 질문에 대한 대답은 마리사의 의문만큼이나 불확실했다. 조건이 많은 '네.' 이기 때문이었다.

결국 모든 것이 좋아하고 안 좋아하고의 문제인 것일까?

사랑한다, 사랑하지 않는다?

아니면 햄릿처럼 죽느냐, 사느냐는 어떨까?

왜냐하면 마리사는 우선 '너는 누구인가?' 라고 자신에게 묻는 거울 속 여자에게 대답을 해야 했기 때문이다.

침묵이 길어지자 푸엔산타는 거의 마리사와 얼굴을 정면으로 마주할 만큼 몸을 돌렸다. 그뿐만이 아니었다. 부드러운 미소로 마리사를 바라보며 다정하게 한 손을 마리사의 머리에 갖다 댔다. 그리고 한쪽으로 미끄러지듯 내려가더니 마리사의 뺨을 어루만지고는 턱에서 멈췄다. 그런 행동은 친구나 동료 혹은 언니보다는 엄마가 딸에게 하는

124

그것에 가까웠다. 이해심과 성숙미가 가득 담긴, 무엇보다 꿰뚫어 보듯 강렬한 눈빛으로 인해 깊이가 느껴지는 푸엔산타의 행동 때문에 마리사는 포로가 된 기분이었다. 게다가 푸엔산타가 한 말은 마치 보호막이 되어 마리사를 감싸 주는 것 같았다.

"언제 이런저런 얘기 좀 하자."

"뭐에 대해서요?"

마리사가 놀라며 물었다.

"그냥 이런저런 얘기."

푸엔산타는 윙크를 하더니 아까처럼 부드러운 미소를 보였다.

그것이 다였다.

바로 그때 루이스 엔리케가 마리사와 푸엔산타를 불렀다.

"무대로 와! 자, 모두 다 같이! 이제 대망의 결말 차례야."

18

식탁에는 팽팽한 긴장감이 감돌고 있었다. 마리사는 이런 분위기를 눈치채고 무슨 일인가 싶었다. 어쩌면 자신과 관련된 것일지도 몰랐다.

마리사는 확신이 없었다.

마리사의 아버지는 접시에서 눈을 떼지 않았고 딸들을 쳐다보지도 않았다. 원래 말수가 적고 신중한 성격이었지만, 그렇게까지 조용한 편은 아니었다. 게다가 마리사의 어머니까지 뚱하고 화가 잔뜩 난 얼굴을 하고 접시를 놓거나 빵을 넘겨줄 때 불안한 기색을 보이자 마리사와 차리는 그 자리에 있는 것이 껄끄러웠다.

폭풍이 언제 불어닥칠지 몰랐다.

마리사는 어떤 폭풍도 원하지 않았다. 폭풍이라면 진저리가 났다. 기억하는 한 부모님이 소리를 지르며 싸운 적이 딱 두 번이었는데, 그때가 마리사의 인생에서 최악의 순간이었다. 첫 번째는 마리사가 일곱 살 내지 여덟 살이었을 때였다. 마리사는 세상이 무너져 내리기라도 한 듯이 침대 밑으로 숨어 들어갔었다. 두 번째는 열두 살 때였는데, 부모님의 싸움을 피할 수가 없어 차리와 함께 싸움이 더 커지지 않도록 중간에 끼어들었었다. 부모님은 소리를 지르며 끝냈고, 모든 것이 제자리로 돌아올 때까지 고통스러운 긴장감이 며칠, 몇 주 동안 계속됐다. 마리사는 이 두 번의 싸움이 왜 일어난 건지, 혹시 다른 싸움도 있었는지 끝내 알 수 없었다. 차리는 함께 산 세월이 그 정도 되는 부부라면 항상 피할 수 없는 핵분열 같은 날이 있다고 했다.

그것이 어떤 의미인지 이제 마리사는 이해할 수 있었지만 별안간 세 번째 싸움이 찾아올까 봐 여전히 두려웠다.

그리고 그날 밤……

마리사의 가족은 후식을 먹고 있었다. 어쩌면 아무 일도 일어나지 않을지도 몰랐다. 그래도 마리사는 빨리 식탁에서 일어나려고 서둘러 먹고 있었다. 차리도 마찬가지였다. 둘은 한통속이 된 양 불안한 눈빛을 교환했다. 마리사의 아버지는 고개를 숙인 채 복잡한 얼굴로 계속 음식을 씹고 있었고 어머니 역시 여전히 무뚝뚝해 보였다.

마리사는 문득 차리를 바라보는 어머니 표정을 보고 깜짝 놀랐다.

어머니의 눈빛에 독기가 서려 있었던 것이다.

마리사는 식탁 아래로 차리를 툭 쳤다. 차리가 마리사에게 '왜?' 라는 식의 신호를 보냈을 때는 이미 어머니가 반쯤 몸을 돌린 후였다.

바로 그때 폭풍이 몰아쳤다.

첫 번째 벼락은 이랬다.

"이번 주말에 프란시스카 이모네에 다시 갈 거야. 너희 둘도 가는 거다."

어머니의 말은 '정보 전달' 이나 '간청' 혹은 '부탁' 이 아니었다.

그건 '명령' 이었다.

그러자 차리가 덫에 걸려들었다.

"전 안 가요."

마리사는 더 이상 숨을 쉴 수 없었다. 아버지를 쳐다봤더니 여느 때처럼 간섭하지 않고 여전히 고개를 숙인 채 식사를 하고 있었다. 아버지는 왼쪽 주먹을 꼭 쥐고 있었다.

"너도 가야 해."

어머니가 마리사에게 말했다.

"엄마……."

"좋은 싫든 가야 해."

어머니가 다시 말했다.

"차리, 가서 평화롭게 파티를 즐기자꾸나."

"그렇지만 왜요?"

차리는 이제 포기했는지 낙담한 얼굴로 물었다.

"입 다물어."

"입 다물기 싫어요!"

"더 이상 어떤 말도 듣기 싫다."

어머니가 경고하듯 차리에게 말했다.

"듣기 싫다고요? 맘대로 하세요!"

차리는 폭발할 듯 눈에 쌍심지를 켜고 말했다.

"난 그 정신 병원에서 주말을 보내지 않을 거라고요!"

"내가 가라고 하면 그런 줄 알아."

어머니가 선고하듯 말했다.

"정말 이해가 안 가요!"

처음으로 아버지의 목소리가 들렸다.

"차리한테 그 얘기 해."

"그렇게 안 해도 갈 거예요, 여보."

어머니가 말했다.

"그 얘기 하라고."

아버지가 재차 말했다.

마리사는 아버지의 굳게 쥔 주먹을 쳐다봤다. 극도의 긴장감이 맴돌고 있었다. 마리사는 어떻게 해야 할지, 무슨 말을 해야 할지 몰랐다. 그저 기다릴 뿐이었다.

"여보……."

"말하라고!"

아버지의 주먹이 식탁을 내리쳤다. 제대로 된 한 방이었다. 모든 것이 흔들렸다. 컵 두 개가 균형을 잃고 옆으로 떨어졌다. 하지만 최악은 제정신이 아닌 듯한 아버지의 고성과 상기된 얼굴 그리고 애써 큰딸을 향한 시선과 화를 피하려고 하는 모습이었다.

마리사의 어머니는 체념한 듯 한숨을 쉬었다.

"사람들이 네가 남자친구와 새벽에 집에 들어가면서 계단에서 시시덕대는 소리를 들었대. 집에서 나오는 소리는 안 들렸고."

"남 흉이나 보는 족속들 같으니!"

차리는 씩씩거렸다.

"대체 누가 그래요?"

"넌 아무런 지장이 없겠지만 난 달라."

어머니가 말했다.

"좀 시끄럽지 않게 조심할 수는 없는 거니?"

"엄마, 그런 사람들이랑은 어울리지 말아요!"

"그게 쉬운 일인 줄 알아? 여기서 평생 살았으니 서로 다 알잖아. 네가 크는 것도 다 봤고, 어찌 됐든 그 사람들은 우리를 가족 같은 사이라고 생각한다고. 그네들한텐 이게 얼마나 흥미진진한 얘깃거리인 줄 알아? 그런 데다 이번 주말에 외출하면서 너희 둘만 남겨 놓고 멋대로 하게 두면 우리한테 나쁜 부모라고 손가락질할 거라고. 난 그런 꼴은 못 본다."

"그런 이유로, 나랑 전혀 상관없는 사람들 때문에 가기 싫은 걸 억지로 가라고요?"

차리는 절망에 빠져 어머니와 이야기를 하고 있었다. 반면 마리사의 시선은 계속 아버지에게 고정되어 있었다.

"삼 층에 사는 아줌마 딸은 유부남이랑 사귀어요. 고작 스물한 살인데 말이에요. 나보다 두 살 많다고요. 그 딸이 집에 혼자 있을 때도 참한 아가씨일까요? 골목에서 그 유부남이랑 한 시간이나 진하게 키스를 하는 걸 본걸요! 오 층 집 딸은 얼마나 방탕한지……."

이번에는 식탁을 내리친 것보다 빨랐다.

아버지의 주먹이 열리더니 손바닥이 활짝 펼쳐졌다. 그 손은 맹렬한 기세로 날아가 미처 손쓸 새도 없이 차리를 날려 버렸다. 나뭇가지가 쩍 갈라지는 듯한 소리가 났다. 아버지가 차리의 뺨을 갈긴 것이다. 하도 세게 맞은 탓에 차리는 목이 빠지기라도 할 듯이 고개가 휙 돌아갔다. 그녀가 앉아 있던 의자도 자리에서 약간 돌아가서 차리는 하마터면 균형을 잃고 쓰러질 뻔했다.

더욱 초조해진 마리사는 아버지의 표정이 변하는 것을 지켜봤다. 딸을 때린 것 때문에 마음이 아프고 쓰라린 듯했으나 아직 화가 누그러지지 않은 것 같았다.

"주말에 가는 거다."

아버지가 천천히 말했다.

"더는 토 달지 마라. 알았니?"

그건 차리뿐만 아니라 마리사에게도 해당되는 말이었다.

19

상황은 생각했던 것보다 더 나빴다.

다 모이니 열일곱 명이나 됐던 것이다.

금요일 밤, 도착하자마자 바로 방들이 '배정' 됐다. 차리와 마리사는 '싱글' 들인 파키, 엘레나, 베고냐와 같은 방을 쓰게 됐다. 모두 다 같이 바닥에 던져진 이불 위에서 다닥다닥 붙어 자야 했다. 지옥이 따로 없었다. 서로 친하지 않은 것은 둘째치고 냄새에 코 고는 소리 하며 죄다 짜증나는 일이었다. 뜻하지 않게 친척들이 많이 모이게 된 것을 보자 마리사의 어머니까지도 이모의 집이 안전하지도, 편안하지도, 머무르기에 적당하지도 않다는 것을 인정해야만 했다. 하룻밤이라면 그럭저럭 보내겠지만 이틀 밤은 달랐다.

"엄마, 이번이 마지막이에요. 알겠죠?"

마리사가 짜증 난 투로 말했다.

"언니가 잘못했으면 언니랑 해결하지, 왜 나까지 이런 걸 겪어야 해요?"

"나도 이렇게 많이 모일지 몰랐어."

"하지만 늘 이랬는걸요. 열두 명 이하인 적이 없었잖아요!"

마리사는 주말이 생각보다 더 절망적이라는 것을 알게 되자 이왕 이렇게 된 거, 가족들과 잘 보내 보자고 마음먹었다. 그러면 단 몇 주,

몇 달만이라도 자신을 가만히 내버려 두지 않을까 하는 기대에서였다. 그렇게 어려운 일도 아니었다. 그저 여기에 미소 두 번 날리고, 저기에 '와, 이모! 오늘 너무 예쁜데요?' 와 같은 멘트를 세 번 정도 해 주고, 상을 차리거나 그릇을 나르고 치우는 일 따위를 도와주면서 착한 아이라는 것을 보여 주는 친절한 행동 네 번 정도 하면 족했다. 차리도 한편으로는 어머니의 복수가 두렵고, 또 한편으로는 그때만큼-그녀의 페르난도가 없는-어려운 조건 속에서도 늘 그랬듯이 밝게 지내자는 생각에 마리사처럼 하기로 했다.

토요일에 엘레나의 차를 타고 여자 다섯이 나가기로 결정하자 차리의 얼굴 표정이 바뀌긴 했다. 그곳에서 나간다는 것은 마을 한 바퀴를 돌거나, 아니면 클럽이 있는 다른 더 큰 동네로 간다는 것을 의미했다.

"길 조심해야 한다, 알았지?"

마리사의 사촌 언니 돌로레스가 말했다.

"젊은 애들이 오죽 알아서 잘하려고."

프란시스카 이모가 거들어 주었다.

"그래도 주말만 되면 애들이 더 정신이 없어지니까 그러죠."

"말하는 거 하고는!"

벌써 잠시라도 말싸움할 거리가 생긴 듯 모두가 한꺼번에 대화에 끼어들기 시작했다. 마리사는 잠시 떨어져 혼자 있었다. 연극 대본을 가지고 왔는데, 자신의 대사를 미리 훑어봐야 했다. 마리사는 어머니가 가족과 있을 때 그렇게나 바뀌는 것이 신기했다. 어머니는 마리사의 조부모에게서 물려받은 고향의 억양을 쓰고, 이모나 사촌들의 말투를 따라 말하기까지 했다. 마리사는 부모님이 더 젊었을 때 이민 온 땅에서 태어나긴 했지만.

오후는 좋았다. 차리는 낮잠을 잤다. 마리사의 아버지도 그랬다. 나무 그늘이 대가족의 웃음소리와 고성에도 불구하고 평화로운 분위기를 만들어 내고 있었다. 마리사는 잠시 눈을 감고 마음을 가다듬으면서 그 잃어버린 몇 시간을 무시해 버릴 방법을 찾고 있었다.

"여기서 뭐 해?"

마리사는 자신의 의지와 전혀 상관없이 눈을 떴다. 사촌 베고냐의 나이는 차리와 마리사의 중간 정도였는데, 받아 주기 아주 힘들고, 게으른 데다 참아 내기 어려운 상대였다. 입만 열면 잘난 체에, 무엇이나 다 아는 척했고, 한시도 입을 다무는 법이 없었다. 그리고 한 마디 한 마디가 독설로 가득해 배려라고는 찾아볼 수 없이 오직 빈정거림뿐이었다. 때문에 마리사에게 있어서 베고냐는 예측이 불가능하고 위험한 인물이었다.

게다가 베고냐는 그녀의 어머니를 닮아 선천적으로 샘이 많았고, 스스로 멋지고 예쁘다는 자아도취에 빠져 있어 주변의 모든 남자들이 자기를 원한다고 멋대로 착각했다. 설상가상으로 대책 없이 이기적이기까지 했다. 베고냐의 대화 주제는 딱 하나, 바로 남자였다.

그런 베고냐가 마리사의 옆에 와 있었다.

마리사는 그냥 내빼거나 낮잠을 자러 갈 거라고 둘러대고 싶었지만 어차피 다 부질없는 핑계일 게 분명했다.

어찌 됐든 베고냐에게 연극 이야기는 정말이지 하고 싶지 않았다.

십 분이면 온 가족이 알게 되어 마리사에게 연극에 대해 물어볼 게 뻔했다.

"아무것도 안 하고 있었어. 그냥 쉬던 중이야."

마리사가 체념한 듯 말했다.

"이렇게 같이 모이니까 좋다, 그치?"

"응."

"엄마가 항상 같이 가자고 했었는데, 나도 할 일이 많으니까. 근데 이번에는 차리 언니랑 네가 온다고 하는 거야. 이게 얼마 만에 보는 거지? 마지막에 본 게 성탄절이었나?"

"가브리엘 삼촌 장례식이었지."

"아, 맞다. 뭐, 그건 포함시키기 좀 그렇지 않나? 장례식은……. 근데 뭐 읽는 거야?"

"아무것도 아니야. 그냥 누가 나한테 주고 간 거."

"어디 보자."

베고냐는 마리사의 손에서 대본을 뺏어 가 넘겨 봤다.

"이상하게 써진 거 같아. 소설 같지 않은 게."

"대본이야."

베고냐는 계속 대본을 넘겼지만, 그녀가 거기에 관심이 없다는 건 이내 분명해졌다. 대본은 그저 질문을 하기 위한 구실에 지나지 않았던 것이다.

"너 사귀는 사람 있어?"

"없어."

"없다고?"

베고냐는 짐짓 놀란 듯했다.

"차리 언니는 만나는 사람 있다며?"

"언니한테 직접 물어봐."

"넌 없어?"

마리사는 혼자 베고냐를 상대하려니 괴롭다고 해야 할지, 아니면 남자친구가 없다고 자신을 불쌍한 눈빛으로 쳐다보는 걸 참기 힘들다고 해야 할지 잠시 망설였다.

"뭐, 남자가 하나 있긴 해."

마리사의 입에서 툭 튀어나온 말이었다.

"말해 봐, 말해 봐."

베고냐의 눈이 사악하게 번뜩였다.

"무슨 얘기가 듣고 싶어서?"

"어떤 남자인지, 진지하게 만나는 건지, 뭐 그런 거 있잖아."

"그 남자랑 데이트하고, 그게 다야. 우린 친구사이야."

"내 친구 콘차는 열아홉 살인데 일주일 전에 결혼했는걸."

베고냐는 아는 체하며 큰 소리로 말했다.

"사람 따라 다른 거지 뭐."

마리사의 대답에 베고냐가 서둘러 덧붙였다.

"걔 완전 홀딱 빠져 있었거든."

"열아홉에 홀딱 빠졌으니 서른이 되면 신물 나서 작별 인사나 하고 끝내겠네."

"너도 첫사랑은 평생 꼬리표처럼 따라붙어서 끔찍하다고 생각하는 그런 부류니?"

"아니."

"다행이네. 네가 아까 한 말은 너무 부정적이라……."

"난 현실주의자야."

마리사가 따로 물어보지 않자 베고냐는 맘껏 말하기 시작했다.

"나도 만나는 애가 하나 있는데, 별로 마음에 안 들어. 그래서 걔 친구랑 데이트하려고."

"네 남자친구의 친구랑 만나겠다고?"

"다들 그러지 않아?"

마리사는 베고냐의 뺨을 갈기고 싶었다. 베고냐의 잘난 척은 정말이지 최악이었다. 거만하기로는 하늘을 찌르고도 남을 것이다. 그런데 그것은 베고냐가 마리사의 반응을 이끌어 내고 대화를 계속하기 위해 놓은 덫일 뿐이었다. 마리사는 빠져나갈 수 없는 덫에 걸려들고 말았다.

"너 미쳤어?"

"이틀만 만나 볼 건데 뭘."

베고냐는 더욱 거만한 말투로 말했다.

"내가 진짜 좋아하는 애는 딱 하나, 아구스틴뿐이야."

"근데 왜 걔랑 만나지 않고."

"지금 대학에서 공부 중이라 접근 불가야. 걔네 엄마가 좀 좋으셔야지. 하지만 졸업만 하면……."

"그때 가서 걔한테 여자친구가 있으면?"

"누가 이기는지 두고 보라지."

확실히 베고냐는 색기가 넘쳤다. 그래도 어쩌면 겉모양만 번지르르하고 말뿐일지도 몰랐다. 괜히 우쭐대는 것처럼 말이다.

마리사는 이제 베고냐에게서 들을 이야기는 다 들었다고 생각했지만 그건 착각이었다.

"이봐."

둘만 있었는데도 베고냐는 목소리를 낮췄다.

"넌 어떤 거 써?"

"어떤 거라니?"

마리사는 고개를 갸우뚱했다.

"피임 도구 말이야. 그게 아니면 뭐겠어?"

마리사는 고민에 빠졌다. '베고냐에게 난 처녀인데 사랑을 나누는 그 멋진 일에 대해 들을 준비가 됐다고 해야 하나?' 처녀가 아니라고 말하면, 다음날 프란시스카 이모가 엄마를 불러 다 말해 버리겠지?'

"그런 얘기라면 안 하는 게 좋겠어."

"왜? 너 무슨 문제 있니? 아니면 단지 부끄러워서? 나한텐 말할 수 있잖아. 안 그래? 내가 가는 산부인과 의사도 소개해 줄게. 굉장한 미남이라고."

마리사는 더 이상 참을 수 없었다. 남자친구나 피임 도구, 아니면 처녀성이든 그 어떤 것에 대해서도 베고냐와 말하기 싫었다. 그래서 베고냐의 손에 계속 들려 있던 대본을 집어 들고 자리에서 일어나 제일 먼저 떠오른 말을 내뱉었다.

"나 화장실에 가야 해."

"그래, 기다릴게."

마리사는 베고냐의 곁에서 멀어지면서 이제 홀가분해지겠다고 생각했다. 다시 돌아갈 생각은 추호도 없었기 때문이었다.

이제 토요일 오후와 밤, 약속한 외출 그리고 일요일이 남아 있었다.

20

마리사는 자신의 방에 들어오자 완전히 뻗어 침대 위에 드러누웠다.

차에서 보낸 두 시간 반, 가족을 견뎌 내야 했던 이틀 반, 점점 더 증오스럽고 참을 수 있는 한도를 넘어서던 베고냐, 고집불통인 프란시스카 이모, 신앙심이 깊고 늘 설교를 늘어놓는 사촌 언니 돌로레스, 그외 보이지 않는 권력의 법칙을 남들에게 행사하려고 하는 모든 대가족의 일원들 때문에 기진맥진해진 상태였다. 집으로 돌아오는 길에 마리사의 엄마까지 '조금 심했다.'라고 인정할 정도였다. 원래 말수가 없는 아버지는 뒷좌석에 앉은 마리사를 백미러로 바라만 보고 입을 다물었다. 하지만 아버지의 두 눈이 모든 것을 말해 주고 있었다. 차리는 말이 없었다. 차리의 표정이나 기분만 봐서는 아버지에게 맞은 흔적은 크게 드러나지 않았다.

하지만 그들 사이의 뭔가가 깨져 버린 듯했다.

토요일 밤의 외출은 최악이었다.

젊은 척하며 스무 살 같은 말투를 쓰는 닮고 닮은 삼십 대 파키와 엘레나, 차리, 베고냐 그리고 마리사가 함께 한 외출이었다. 그곳에는 너무 어울리지 않는 오 인조였다. 파키가 남자에 대해 말하는 방식에서 느껴지는 처량함, 그리고 결혼까지 약속했던 애인과 삼 년 동안 사귄후 시끌벅적하게 헤어지고 나서 남자를 거부하는 엘레나의 분노 때문에 분위기는 절망적이었다.

게다가 '그녀의 페르난도'에 대해 쉴 새 없이 이야기하던 차리와 '경험'으로 봤을 때 제일 연장자였던 베고냐 사이에서 마리사는 길 잃은 이방인처럼 느껴졌다.

무사히 자신의 방으로 돌아온 마리사는 그제야 정신을 차릴 수 있었다.

'내가 괴짜일까, 아니면 다른 사람들이 미친 걸까?'라고 마리사는 생각했다.

무엇보다 아버지가 어떻게 이런 것들을 참아 내는지 도무지 이해할 수 없었다.

멀리서 들려오는 전화 소리에 마리사는 이런저런 생각을 멈췄다. 한순간에 잡념이 날아가 버렸다. 자신의 이름을 부르는가 싶어 잠시 기다리던 참에 방문이 열리더니 차리가 나타났다. 손에는 무선 전화기를 들고 있었다. 차리가 전화 건 사람의 이름을 말하기도 전에 마리사는 침대에서 벌떡 일어나 전화기로 달려갔다. 차리는 아무 말 없이 방을 나갔다. 아마도 그녀의 머릿속에는 온통 페르난도 생각만 가득했을 것이다. 어찌 됐든 마리사는 다시 침대로 돌아와 벽에 등을 기대고 양반 다리를 하고 앉았다. 상대가 누구든 대화를 나눌 수 있다는 것만으로도 충분히 기뻤다. 물론 그 상대가 아말리아일 거라 짐작은 했지만.

"안녕, 괴짜야!"

아말리아가 신 나게 인사하는 소리가 들렸다.

"안녕."

"언제 도착했어?"

"이 분 전에. 좀 쉬고 나면 전화하려고 했었어."

"많이 힘들었어?"

"최악이었어. 완전 의욕 상실이었거든."

"통화할 수 있어?"

아말리아가 물었다.

"지금 내 방이야."

"어쨌든 내일 더 차분하게 말해 주긴 할 건데."

"할 얘기가 뭔데?"

"으음."

"뭐야?"

"넌 상상도 못할걸?"

"발타사르랑 데이트했지? 맞지?"

"응. 그러긴 했는데……."

아말리아는 마지막 음절을 길게 늘이며 말했다.

"만약에 이렇게 전화해서 맛만 보이고 내일 얘기해 준다고 하면, 맹세컨대 나 너 모른 척할 거야."

마리사가 으름장을 놨다.

"이게 전화상으로는……."

"계속 나 이렇게 침만 바짝바짝 마르게 할 거야? 너 일부러 그러는 거지?"

마리사가 소리쳤다.

침묵이 감돌았다. 딱히 무겁지는 않았지만 분명 어떤 조짐이 엿보이는, 상대방을 압박하고 유도하는 그런 침묵이었다.

마리사는 모든 시나리오를 떠올렸다. 이것만 빼고.

"나 그거 했어."

"뭐라고?"

"발타사르랑. 어땠냐면……."

"진짜?"

"생각지도 않았는데……. 정말이야. 그냥 그렇게 됐어."

아말리아의 목소리는 마치 불꽃이 튀는 것 같았다. 그 에너지가 전화선을 타고 마리사에게까지 와서 머리 중심부를 곧장 휘감았다. 그러나 그 마법 같은 무지개 중에 마리사에게 전달된 색은 오로지 중간에 회색빛만 가득한 흰색과 검정뿐이었다.

이상한 일이었다.

"전화로 너한테 이런 얘기를 하는 게 아니었는데."

아말리아가 애석한 듯 말했다.

"나 지금 완전 붕 뜬 기분인 거 있지. 영화에서처럼 폭죽이나 종소리 같은 건 없었지만 그냥 예뻤어. 자연스럽게 벌어진 일인데……. 나도 잘 모르겠어. 어쨌든 좋았어. 무슨 말인지 알겠어? 느낌이 어땠냐면……."

마리사는 어떤 말도 할 수가 없어 여전히 입을 다문 채 있었다.

"야, 뭐라고 말 좀 해 봐."

아말리아가 재촉하듯 말했다.

"그게 아니라 너 땜에 지금 내가……."

"내가 어떤지 상상이 가? 나도 믿을 수가 없어. 내가 그 자리에 있었다니.”

아말리아는 얼굴에 미소를 띤 채 한숨을 쉬었다.

“근데 넌 괜찮아?”

“물론이지!”

아말리아의 눈빛이 반짝 빛났다.

“나 기분 짱이야!”

마리사는 자신의 방, 물건, 거울 그리고 침대를 바라보고는 두 눈을 감았다.

“나 전화 끊어야 해.”

아말리아가 목소리를 낮추며 말했다.

“내일 얘기하자. 알겠지?”

“응.”

마리사가 대답했다.

“안녕.”

“안녕.”

반대편에서 먼저 전화가 끊어졌다. 마리사는 반응하는 데 오래 걸렸다. 마리사는 손이 내려와 엄지손가락으로 통화 종료 버튼을 누를 때까지 백년이 걸린 것처럼 길게 느껴졌다. 수화기가 순식간에 무거운 물건이라도 된 듯 마리사의 무릎을 덮은 옷자락 위에 떨어졌다. 마리사는 또다시 놀라 눈이 휘둥그레졌다.

마리사에게 가장 끔찍했던 주말이 그녀의 친구에게는 가장 빛나는 주말이었다니.

그것도 가장 친한 친구에게 말이다.

고통은 이내 찾아왔다. 제동을 걸 수 없고 주체 못할 감정이 복받쳤다. 이런 감정은 마리사를 지배하고, 가득 채우고, 넘치고, 깨부수었다. 첫 번째 큰 파도가 지나가자 슬픔, 낙담 그리고 언제나 무거운 고독이 찾아왔다. 고독은 너무나 단호하고 강해 심장에 난 검은 구멍처럼 마리사를 삼킬 듯했다. 마리사는 그때만큼 마음이 스산한 적도 없었다.

죽고 싶을 만큼 싸늘한 마음.

보이지 않는 고통.

존재의 고통.

마리사가 울음을 터뜨리자 그 검은 구멍이 조금씩 그녀를 삼켰다.

21

태어나서 처음으로 마리사는 아말리아를 만나고 싶지 않았다. 차라리 아파서 아말리아와의 만남을 뒤로 미루고 싶은 마음이었다. 무엇보다 아말리아가 하는 말을 듣고 싶지 않았다.

어이가 없는 상황이었다.

아말리아는 기분이 들떠 있었다. 마리사를 보자마자 벌벌 떠는 몸을 날려 끌어안고는 세상에서 가장 활력이 넘치는 사람처럼 흥분했다.

"마리사! 내가 너무 세게 끌어안았지?"

마리사는 무슨 말을 해야 할지 몰랐다. 모든 변화, 정확히 말하자면 소녀에서 여자로의 변화가 일어나면 누구나 그렇듯이, 아말리아도 뭔가 중요한 단계를 지난 것처럼 신이 나 파티라도 열 기세였다. 그래서 마리사는 포옹, 한숨, 이어졌다 끊어졌다 하는 말들, 반짝 빛나는 눈빛, 아말리아가 가까스로 억누르고 있는 감격의 강풍에 휩쓸린 채 조용히 있었다.

마리사는 꽉 다문 자신의 입술 안에 꾹꾹 눌러 담은 말을 전부 터뜨리고 싶었다.

그러나 행복해하는 아말리아 앞에서 그저 침묵으로 일관했다.

"정말 굉장했어."

아말리아가 털어놨다.

"걔는 푸딩처럼 바르르 떨고, 난……. 야, 무슨 말 좀 해 봐!"

"난 뭐라고 해야 할지 모르겠어. 너 땜에 지금 내가……."

"지난 몇 년간 누구랑, 어떻게, 언제 할지, 평생 같이 있을 사람이랑 할지, 학생 때 할지, 아니면 결혼하고 나서 할지 궁금했거든. 근데 이제 다 지난 일이라고 생각하니까 아쉬워. 원래 기다리는 게 더 아름다운 거잖아."

"모든 걸 계획할 수는 없잖아."

마리사는 아말리아의 말에 좀 더 반응을 보여야겠다고 생각했다. 아말리아에게는 중요한 일이었다. 분명 마리사에게만 털어놨을 것이다. 둘은 이제 아말리아의 가장 큰 비밀을 공유하게 된 것이다.

"어쨌든 네가 지금 만족하고 확신이 있다면야……."

"확신은 모르겠고, 나 아직도 떨고 있잖아. 일단 한 번하고 나면 결국……."

아말리아는 긴장한 듯 손을 쉴 새 없이 움직였다.

"나 오늘 수업을 많이 들을 상태가 아니야."

"그나저나 어디에서 했니?"

"그 애 집, 그 애 방에서. 나 이제 걔네 집 앞이나 그 근처도 못 지나갈 것 같아. 어쩜 좋아!"

아말리아의 말에는 달콤함이 묻어났다.

"게다가 어찌나 매너도 좋던지. 거칠게 다루거나 하는 게 전혀 없었어. 날 사랑스럽다는 듯이 어루만져 주고, 황홀한 표정으로 여기저기에 키스해 주는 거 있지? 날 바라보는 얼굴이, 단 한 번도 그렇게 강렬한 건 본 적이 없다는, 모든 게 믿기지가 않는다는 표정이었어."

146

"물론 너처럼 완벽한 여잔 본 적이 없었겠지."

마리사가 솔직하게 말했다.

"난 어땠는지 알아? 믿을 만한 여자처럼 보이려고 애쓰면서 말이야……. 솔직하게 말하자면 내가 그랬는지도 몰랐어."

"안 아팠어?"

"약간. 긴장해서. 근데 진짜 후다닥 끝났어. 너희 언니의 '오분남'이 어찌나 부럽던지! 발타사르는 기껏해야 '삼분남'으로 부를 판이야."

마리사는 처음으로 웃었다.

"짓궂기는."

마리사가 말했다.

"그게 사실이니까. 근데 걔가 그러더라? 정말 대만족이라고, 태어나서 제일 큰일이 일어났다고 말이야."

"그 애도 처음이었대?"

"응."

"그 말을 믿어?"

악의가 담긴 질문일 수도 있었지만 마리사는 천진난만하게 물었다. 하지만 묻자마자 그럴지도 모른다는 생각이 들었다.

"나도 모르겠어."

아말리아가 말했다.

"하는 걸 봐선, 사람들이 '경험이 많다.'고 할 만한 그런 건 못 느꼈어. 이런 걸 나눈 사람을 그냥 믿어야지 어쩌겠어. 처음에 좀 아프고 금방 끝나긴 했지만 좋았어. 기분이 째질 것 같아. 이제 세상이 다르게 보여. 무슨 말인지 알겠어? 정말 감동적이었어. 내가, 내 자신과 몸의 주인인 내가, 그 자리에 있었다니! 그 애랑 내 몸을 나눴지만, 그 몸은 여전히 내 거였어. 아, 어떻게 설명해야 할지……. 내 말, 이해가 가?"

마리사는 아말리아의 말을 완벽히 이해했지만, 아말리아는 분명히 하려고 애썼다.

"내게 힘이 있는 것 같았어!"

적당한 표현을 생각해 내자 아말리아의 눈동자가 커졌다.

"바로 내가 걔를 흥분시키는 기적을 만들어 냈어! 신음 소리를 내고, 소리를 지르고, 뇌가 뒤집어지게 만든 게 바로 나란 말이야! 내가 되는 동시에 누군가와 나를 나누는 기분은 정말 강렬해. 내가 한 가지 말해 줄까?"

아말리아는 길을 지나가는 사람들이 혹시나 들을까 봐 마리사 쪽으로 몸을 기울였다.

"제일 좋았던 건 다 끝났을 때였어. 키스로 완전 나를 먹어 삼킬 듯했거든. 그러더니 내 옆에 누워 나를 황홀한 표정으로 바라봤어. 어찌나 달콤하고, 천진하고 순진해 보이던지."

"어련하시겠어."

아말리아의 장황한 이야기가 끝나자 마리사가 한숨을 쉬며 말했다.

"너 걔한테 완전 빠졌구나?"

"아니, 그런 건 아니야. 오늘은 내 마음이 완전 반대야. 머리도 복잡하고. 오늘은 그 애가 미워."

"뭐라고?"

"처음이었다고. 더 이상 다른 누군가에게는 줄 수 없는 걸 걔한테 줬단 말이야. 이제 그건 그 애 거야. 영원히. 우리가 사귀건 아니건 난 그 애를 절대 잊지 못하겠지. 걔도 내가 첫 상대였다는 걸 알 거야. 만일 매너가 없는 놈이라면 언젠가 다른 얼간이들처럼 날 생각하며 웃겠지? 나한테 얼이 빠져서 어린애와 여자를 구분 짓는 경계를 허물어 준 그 불쌍한 여자라고 말이야."

"도통 무슨 말인지 모르겠다."

마리사가 받아쳤다.

"이런 걸 산후 우울증이라고 하는 거야. 이 경우엔 '관계 후 우울증'이겠지만."

"그렇겠네."

마리사는 머뭇거렸다.

"맞아. 나 미친 거 알아. 그래도 후회는 안 해."

아말리아는 계속 걸으면서 제자리에서 한 바퀴를 돌았다.

"재미있는 건, 너도 알겠지만, 내가 그 일에 대해 더 이상 생각하지 않는다는 거야. 그날을 떠올리며 마음 아파하거나, 그 애와의 관계에서 더 앞서 가려고 하거나 혹은 물러나려 하거나 그러지 않는다는 거지. 너도 겪어 보면 알 거야. 전혀 뜻하지 않은 날에 그런 일이 일어날 테니까."

"나한테는 그런 일이 안 일어날걸."

"안 일어난다고? 네가 무슨 목석이라도 되냐?"

"난 어떻게 해야 할지 모를 것 같아."

"이게 무슨 설명서라도 있는 건 줄 알아? 그걸 어떻게 하는지 아는 사람이 어디 있어? 이건 그냥 자연스럽게 하게 되는 거라고. 어떤 여자 애들은 부끄러워서, 아니면 아파서 울었다고 하더라. 물론 아직 못

해 본 애들도 있고, 그게 얼마나 끝내주는 건지 알게 된 애들도 있고. 어떤 규칙이 있는 게 아니야. 두 사람이 서로 반응하고 교감하는 거지. 나 이제 달라지고 새로워진 기분이야. 아까도 말했지만 세상을 다르게 보게 됐다니까. 나 이번에 한 가지 배운 게 있어."

"뭘 배웠는데?"

"그거 하지 말았어야 한다는 거, 내가 준비돼 있지 않았다는 거 말이야. 물론 그때는 더 이상 돌아갈 수 없다고 생각했지만. 내가 그릇된 행동을 한 건 알지만 후회는 안 해. 그걸 했다고 해서 나랑 발타사르가 애인 사이인지, 오늘 그 애 마음은 어떤지 나도 모르겠어. 아무것도 모르겠어."

"마음이 괴롭겠다."

마리사가 한숨을 내쉬었다.

"너 때문은 아니야."

아말리아는 마리사를 끌어안고 뺨에 강한 입맞춤을 해 주었다.

"네가 아니었음 아무에게도 말 못하고 속으로 끙끙 앓았을 거야. 그거 알아? 이런 건 누구한테 털어놓지 않으면 마음을 누르는 쇳덩어리처럼 된다고. 우리 사이에는 비밀이 없잖아. 그렇지?"

둘은 학교에 다다랐다.

같은 반 친구 두 명이 나타나는 바람에 마리사는 마지막 질문에 대답을 할 수 없었다.

22

마리사는 이제 일주일에 두 번은 학교를 마치고 곧장 집으로 갈 수 없었다. 연극 연습이 끝나면 루이스 엔리케와 그 시간에는 이상하게 비어 있는 벤치와 나무가 있는 작은 정원에 들러야 했다. 그래 봐야 그때처럼 기껏 잔디에 앉는 정도였다.

대화 주제는 언제나 공연이었는데, 둘은 연극의 이런저런 장면이나 여러 가지 자질구레한 부분 그리고 루이스 엔리케의 눈에는 훤히 보이는 마리사의 가능성에 대해 이야기를 나누었다. 루이스 엔리케는 마리사를 돕고 싶다고 여러 번 말했다.

그건 가까이 지내기 위한 구실이기도 했다.

마리사는 그녀를 두고 싸우는 어린아이들을 봤다. 한 아줌마가 아이들을 화해시키려고 애쓰고 있었다. 마리사는 몇 년 전 그 자리에서 치마와 블라우스를 입고 땋은 머리를 한 채 차리를 등대처럼 따라다니던 자신의 모습을 봤다. 사실 거의 잊고 지냈던 행복한 시절이었다. 어쩌면 십 년이 지난 어느 날 루이스 엔리케와 함께 앉았던 그 잔디밭을 바라보고 그를 떠올리며 추억에 잠겨 미소 지을지도 모른다.

시간은 참 이상하다.

감정의 형태도 이상하다.

아말리아는 발타사르와, 마리사는 루이스 엔리케와 같이 있었다.

마리사가 아말리아와 떨어져 있는 건 태어나서 이번이 처음이었다. 둘은 밤이 되면 서로 전화로, 아니면 다음 날 등굣길이나 학교 파티오에서 죄다 말할 것이다. 아말리아는 넷이서 데이트를 하고 싶어 했다. 그러나 마리사는 굳이 그래야 하는 건지, 아니면 꼭 참고 아말리아가 행복해하는 모습을 봐야 하는 건지 알 수 없었다. 또 혹시 루이스 엔리케가 불편하게 느낄지도 모를 일이었다. 물론 이런 고민은 두 남자의 진심에 따라 달라질 것이다. 겨우 이삼 주 안에 마리사의 삶이 뜻하지 않게 완전히 변했다.

이것도 인생의 묘미일까?

마리사는 누가 머리카락을 만지는 것을 느꼈다. 머리를 뒤로 젖히자 루이스 엔리케의 손임을 알 수 있었다.

루이스 엔리케가 마리사를 쓰다듬었다.

"이러지 마요."

마리사가 떨리는 목소리로 말했다.

"왜?"

"잘 모르겠어요."

마리사가 말했다.

"뭐가 두려운 거야?"

"두려운 게 아니에요."

마리사는 루이스 엔리케의 눈을 똑바로 바라봤다.

"너 두려워하는 거 같은데?"

"그래요. 맞아요."

마리사는 어깨를 들어 올리고는 다시 그네의 아이들 쪽으로 눈을 돌렸다.

"무슨 일이야?"

"아무것도 아니에요."

"오늘 연습할 때도 긴장한 거 같더니 지금은 이렇게나 조용하
고……."

"아무 일도 없어요."

마리사는 거짓말을 했다.

"난 네가 내 눈을 통해 너를 봤으면 좋겠어. 좀 전에 그랬던 것처럼.
넌 너무 특별해."

"전 특별하지 않아요."

"넌 특별하고 아름다워. 나 사랑에 빠졌나 봐."

마리사는 어안이 벙벙했다.

마치 마비가 된 것 같았다.

하지만 겨우 힘을 모아 대답을 했다.

"그런 말 하지 마요."

"사랑해."

루이스 엔리케는 마리사의 말을 듣지 않았다.

"오빠가 그러면 모든 걸 망칠 수도 있다는 걸 몰라요?"

"왜?"

"왜냐면 저는 오빠의 마음과 다르니까요."

"그런데 왜 나랑 함께 있는 거야?"

"연극 때문에요. 그리고 우린 친구잖아요."

"극장에서 키스한 이후로는 친구가 아니지."

"그렇다면 우리 더 이상 만나지 마요."

마리사가 딱 잘라 말했다.

"마리사……."

마리사는 눈물을 참으며 고개를 떨어뜨렸고, 루이스 엔리케는 이를 알아챘다. 그때까지 둘은 가까이에 있으면서도 서로 움직이지 않고 대화를 나누고 있었다.

마리사는 웅크려 앉아 있었고, 루이스 엔리케는 풀잎 하나를 사이에 두고 마리사의 왼쪽에 누워 있었다. 달라진 마리사의 행동에 루이스 엔리케는 마리사의 옆에 딱 붙어 앉았다. 루이스 엔리케는 조금 전 쓰다듬었던 마리사의 머리카락에 얼굴을 비비고 있었다.

"응? 응?"

루이스 엔리케가 속삭였다.

"미안해."

루이스 엔리케는 마리사를 안았다.

두 손으로 감싸고 꽉 끌어안았다.

마리사는 저항하지 않았다.

"제발 울지 마."

루이스 엔리케가 애원했다.

"저도 제가 왜 이러는지 모르겠어요."

"머리가 복잡한 것뿐이야. 아무도 여기에 들어오지 못하게 해."

루이스 엔리케는 마리사의 이마에 키스를 했다. 입술을 떼자 마리사가 두 눈을 감고 있었다.

"넌 지금 여기와 여기 사이가 끊어져 있는 거야."

154

루이스 엔리케는 다시 이마에 키스를 하고 고개를 숙여 심장과 같은 높이의 가슴에 또 키스를 했다.

"오빠 혹시 선수예요?"

마리사는 가까스로 미소를 지었다.

"아니. 하지만 난 솔직해."

포옹이 다시 강해졌다.

마리사는 계속 눈을 감고 있었다.

감은 눈앞에 아말리아가 보였다.

발타사르와 함께 있는 아말리아도 마찬가지일 거다. 어쩌면 홀딱 벗고 다시 그 짓을 하고 있을지도 모른다.

마리사의 몸이 부르르 떨렸다.

마리사는 왜 아말리아를 생각하고 있었을까? 자신의 몸이 지금껏 상상도 못한 가장 완벽한 남자의 품 안에 있는데도?

마리사의 마음은 무엇일까?

마리사는 목에 닿은 따뜻하고 기분 좋은 루이스 엔리케의 입술을 느꼈다. 입술이 천천히 올라가더니 귓볼까지 갔다가 턱과 뺨으로 옮겨 갔다.

마리사는 동상처럼 가만히 있었다. 루이스 엔리케의 행동이 좋았고 아름답다고 생각했다. 또 이치에도 맞았다. 루이스 엔리케과 마리사. 아말리아와 발타사르. 그것이 세상의 이치였다. 루이스 엔리케의 손길은 너무나 부드럽고 평온했다.

루이스 엔리케가 마리사의 입술에 다가가자 마리사는 그곳이 마지막 종착지라는 것을 알았다. 그래서 루이스 엔리케가 쉽게 움직일 수 있도록 고개를 살짝 돌렸다. 루이스 엔리케의 왼팔은 여전히 마리사를 꽉 껴안고 있었다. 이제는 오른손이 점점 내려와 아까 쓰다듬었던 마리사의 팔을 따라 그녀의 손을 찾았다.

이번에는 극장에서 한 키스와 달랐다.

더 길고, 더 축축하고, 더 결정적이고, 그들 저편에는 존재하지 않는 세상의 한숨과 고요함에 휩싸인 평화를 느끼게 하는 키스였다.

루이스 엔리케는 예기치 않게 찾아온 자신의 사랑에 대해 마리사에게 외치고 있었다. 마리사는 정반대의 위태로운 양극단 사이에서 갈등하고 있었다.

마리사는 그 키스가 좋았다. 무척이나 좋았다. 하늘에 닿을 만큼 기분이 황홀했다.

하지만 머릿속에는 계속 아말리아가 떠올랐다.

루이스 엔리케의 손은 마리사의 손을 떠나 목과 **뺨**으로 날아갔다. 마리사는 루이스 엔리케의 애무에 항복하고 그에게 몸을 맡겼다.

둘은 잔디밭 위로 벌러덩 넘어져 그 순간의 감정에만 몰입한 채 계속 키스를 나누었다.

23

생각지도 않게 날이 무더웠다.

봄과는 전혀 어울리지 않는 날씨였다. 유월에 앞당겨 찾아온 푹푹 찌는 여름 더위였다. 날씨가 미친 것 같았고, 치솟은 기온은 사람들을 불 망치로 때려 부수는 듯했다.

마리사는 온종일 체한 것처럼 속이 울렁거리고 어지러웠다. 어쩌면 어젯밤에 먹은 피자 때문인지도 모른다. 너무 많은 재료를 써서 소화하기 어려운 것일 수도 있다. 마리사는 끔찍한 오전을 보내고 점심에는 아무것도 먹지 못했다. 지금 찜통 같은 학교 극장에서도 상황이 나아지기는커녕 점점 나빠지고 있었다.

더 이상 버틸 수가 없었다.

연습이 끝나면 택시를 잡아 타고 집으로 돌아가 도움이 될 만한 뭔가를 먹고 침대에 누울 생각이었다. 그것이 마리사가 가장 원하는 것이었다.

연극은 이제 완벽했다. 더 이상 연습할 필요도 없었다.

모두들 그 날이 오기만을 손꼽아 기다리고 있었다.

마리사는 누구보다 더 그랬다.

요즘 들어 가장 좋아하게 된 연기 때문이 아니라면 마리사는 토할 것처럼 컨디션이 최악인 그런 상황에서 그곳에 있지도 않을 것이다.

하루하루 독이 마리사의 피부에 스며들어 그녀의 정신까지 장악해 갔다. 그러나 연기를 할 때면 기분이 달라졌다. 뭐든지 할 수 있을 것 같았다. 마리사는 이제 자신을 시험해 보고 연기를 배울 수 있는 학원을 알아보기로 마음먹었다. 여름이 코앞이었다. 마리사는 아버지나 어머니와 이야기를 안 해 봤기 때문에 부모님이 어떤 반응을 보일지 전혀 짐작도 못했다. 아버지는 일단 공부를 끝낸 후에 하고 싶은 것을 하라며 마리사를 막지 않을 것이다.

그런 의미에서 마리사는 마음이 놓였지만 최대한 빨리 학원에서 연기를 배우고 싶었다. 하지만 만일 부모님의 재정적인 지원이 없다면……. 마리사는 우선 언니에게 도와 달라고 부탁할 참이었다. 그런 뒤 어머니에게 말하는 것이다. 아버지는 마지막이다.

아무것도 마리사를 가로막지 않을 것이다. 시험도 문제없이 통과할 것이다. 아직은 마리사의 가족들 간에 애정이 남아 있었다.

"마리사."

"아, 네. 죄송해요."

마리사는 자리를 잡았다. 자신이 서야 하는 곳에 정확히 두 발을 놓았다. 푸엔산타도 자신의 자리로 갔다. 푸엔산타는 유일하게 더위의 공격에서 무사한 듯했다. 아치 모양의 헤어스타일을 한 푸엔산타는 빛이 나고 매우 아름다웠다. 그녀의 피부에는 땀 한 방울 없었고, 두 눈은 두 개의 태양처럼 강렬하게 빛나고 있었다.

다음에 연습할 장면은 '그녀'의 등장이었다.

"좋아, 마리사. 시작해."

루이스 엔리케가 말했다.

마리사는 고개를 들어 자신보다 한참 위에 있는 뭔가를 보는 척했다. 더 잘 보려는 듯이 한 손을 이마에 갖다 대고는 대사를 읊었다.

"이런, 구름이 태양을 덮고 있잖아? 구름이 하나인 게 불행 중 다행이군. 아니면 비가 올 게 뻔하니까."

아직 특수효과 장비를 갖추고 있지 않은 터라 루이스 엔리케가 '천둥'을 만들어 냈다.

우르르 쾅쾅!

마리사는 완전히 짜증 난다는 표정으로 흠뻑 젖은 시늉을 했다. 그러고는 셋까지 세고 아주 우스꽝스러운 얼굴을 짓더니 비를 '피하기' 위해 종이에 그려진 나무로 달려갔다. 반대편에는 푸엔산타가 앉아 있었다.

"오, 세라핀! 나를 기다리고 있었구나!"

둘은 동시에 외쳤다.

마리사와 푸엔산타는 서로의 목소리를 듣자 얼어붙었다. 마리사가 푸엔산타의 오른쪽으로 몸을 움직이고 푸엔산타도 같은 쪽으로 움직였으므로 서로 보지는 못했다. 이제 각자 왼쪽으로 이동을 했다. 둘은 다시 나무에 기대 동시에 말했다.

"메아리였겠지!"

마리사와 푸엔산타가 또 얼어붙었다.

이번에는 마리사가 왼쪽으로, 푸엔산타가 오른쪽으로 움직이자 서로 마주치고 말았다.

"너!"

마리사와 푸엔산타가 외쳤다.

둘은 자리에서 일어났다. 이어지는 대화는 실수와 혼동이 난무하는 아주 재미있는 장면이었다. 그러나 마리사가 일어나려고 하는 바람에 끝에서 두 번째에 욕지기가 나고 말았다. 마리사는 몸에 힘이 쭉 빠지면서 현기증이 났다.

대화. 마리사는 이런 대사를 해야 했다.

"너 여기서 뭐하는 거야?"

"내가 묻고 싶은 말이야!"

"넌…… 넌……!"

마리사는 푸엔산타를 가까이서 쳐다봤다. 푸엔산타는 항상 빨려 들어갈 듯한 눈빛에 입술에는 묘한 미소를 머금고 있었다. 딱 맞는 표현은 아니지만, 푸엔산타에게는 남들을 깔보거나 남들보다 우월한 것 같은 분위기가 느껴졌다. 지배적이라고 하는 게 맞을지도 모른다. 푸엔산타는 마리사에게 기묘한 영향력을 행사하고 있었다. 여기에는 마리사의 마음과 감정을 꿰뚫는 듯 그녀를 관통하는 푸엔산타의 목소리도 한몫했다. 푸엔산타는 말할 때 항상 문학적이고 은유적인 표현을 사용했다. 그런 화법이 마리사의 혼을 빼놓았다.

대화…….

마리사는 루이스 엔리케를 쳐다봤다.

그 장면이 잠시 멈췄다. 시계는 움직이지 않았다. 모두 미동도 하지 않았다. 마리사의 머리만이 넘쳐흐르겠다고 겁을 주는 것 같았다. 위장도 마찬가지였다. 배 속의 뭔가가 입 밖으로 튀어나오려고 위쪽으로 던져지는 기분이었다. 마리사는 속이 메슥거려 몸이 떨렸다. 하지만 모두가 멈춰 버린 시간에 갇힌 채 움직이지 않았으므로 마리사만이 그

억누르는 기분을 느꼈다. 루이스 엔리케가 뭔가를 말하려고 했다. 음절 하나가 그의 입술에서 영원히 머물려고 하는 것 같았고, 그 소리는 아주 저음이었다.

마리사의 목구멍으로 튀어나오려던 것은 위장이 아니었다.

그건 끝없는 '없음'으로 희미해져 버린 그녀의 의식이었다.

마리사가 기절해 바닥에 쓰러지자, 다들 원래대로 움직이기 시작했다.

24

현실은 혼란스러웠다.

꿈도 마찬가지였다.

이 때문에 마리사는 현실의 끝과 꿈의 시작이 어디인지 알 수 없었다.

누구에게 키스를 한 것일까?

누가 마리사에게 키스를 한 것일까?

마리사는 좋았다.

그 어루만짐과 스침, 냄새, 평화, 부드러운 입술, 피부 위에 미끄러져 내리던 섬세함, 살이 맞닿을 때의 부드러움, 고요함, 사랑, 온기, 살이 부딪히고 눌리는 느낌, 비밀의 흔적을 남겨 놓은 채 이륙하는 느낌, 새로운 착륙점을 찾아 마리사의 몸 위로 날아오르는 느낌, 기다림, 시간, 영원할 것 같은 기분, 초조함, 달콤함, 억제된 열정…….

마리사는 좋았다.

현실 속 마리사는 움직일 수 없었다. 깨어 있었지만 세계 쥐어뜯긴 기분이었다.

꿈속에서는 움직이고 말할 수 있었다.

"루이스 엔리케?"

키스, 마리사의 몸을 오케스트라 삼아 악기를 연주하는 손가락, 마리사의 영혼의 오선을 흔드는 진동이 더 많아졌다.

"오빠예요?"

대답이 없었다. 마리사는 눈을 뜨려고 했지만 할 수 없었다. 꿈속의 단어를 현실로 끄집어내려고 했지만 할 수 없었다. 하지만 마리사는 소리를 지르고 싶지는 않았다. 단지 눈을 뜨고 싶었다. 누군가 마리사를 어루만질 때마다 반사된 영상이 보였다. 표현 하나하나에는 두려움이, 키스 하나하나에는 마리사로부터 달아나고 싶은 바람이 느껴졌다.

마리사는 어디에 있는 걸까?

왜 그런 깊고, 친밀한 흥분을 느끼는 것일까?

어쩌면 아직 짧지만 멈춰 있던 공간에 갇힌 그 시간에 사로잡혀 있는 것일지도.

마리사는 연습하던 장면과 자신이 기절했던 것이 생각났다.

그러니까 바로 그거였다.

기절, 현실 그리고 꿈.

누구에게 키스를 한 것일까? 누가 마리사에게 키스를 한 것일까?

마리사는 정신을 차리고 싶었다. 스스로 제어할 수 있게 힘을 모으고 마음을 가다듬었다.

마리사는 열까지 셌다. 하나, 둘, 셋……. 숨을 들이마시고, 내쉬었다. 넷, 다섯, 여섯……. 외부의 고요함이 내부의 그것과 수평을 맞추었다. 깨어 있다고 생각하면서 잠이 들거나, 자고 있다고 생각하면서 깨어 있었던 적이 처음은 아니었다. 그저 마음을 가라앉히면 되는 문제였다. 일곱, 여덟……. 이제 거의 다 접속이 됐다. 아홉, 열…….

마리사는 두 눈을 떴다.

옆에는 아주 가까이에, 마리사의 손을 잡고 마리사 쪽으로 몸을 기

163

울인 푸엔산타가 보였다.

"안녕."

푸엔산타가 속삭였다.

"무슨…… 일이에요?"

마리사가 겨우 입을 뗐다.

속이 메스껍고, 머리와 눈꺼풀이 무거웠다.

"너 기절했었어."

푸엔산타가 대답했다.

"제가요?"

"너 임신한 거 아니야?"

"아니에요!"

마리사는 그건 불가능한 일이라고 덧붙이려다가 참았다.

"진정해."

푸엔산타가 웃으며 말했다.

"좀 쉬어. 날도 더운 데다 시험 때문에 긴장해서일 거야. 뭘 잘못 먹고 체했을 수도 있고."

"여기가 어디에요?"

"탈의실."

마리사는 자신의 몸을 봤다. 압박하는 게 없도록 블라우스와 브래지어가 풀어져 있었다. 하얀 피부와 대조되는 터키 블루색 팬티와 바지도 벗겨져 있었다.

"누가 나를……."

"우리, 여자들이 벗긴 거야. 안심해."

푸엔산타가 마리사를 진정시켰다.

"그래서 루이스 엔리케가 밖에 있는 거야. 불러 줄까?"

"아니요. 기다려 줄래요?"

"그래."

마리사는 눈을 감았다. 옷을 입어야 했지만 기운이 하나도 없었다. 일 분 내지 이 분 정도 쉴 시간이 필요했다. 속은 여전히 울렁거렸고 무기력함은 더 심했다.

푸엔산타가 마리사의 이마에 축축하고 차가운 것을 올려놨다.

"별 희한한 짓을 다 해 보네요."

마리사가 앓는 소리를 냈다.

"그런 말이 어디 있니."

푸엔산타가 마리사를 나무랐다.

그런 뒤 얼굴, 가슴, 배 그리고 허벅지에 젖은 수건을 댔다. 그동안 마리사는 계속 두 눈을 감고 있었다. 발가벗고 있자니 자발적으로 몸을 공유한 것이 아니라 추행당한 기분이었지만 아무것도 할 수 없었다. 꿈속에서는 발가벗은 몸이 마리사 자신의 일부였다.

꿈.

현실.

여전히 같은 느낌이었다. 꿈이 어디서 끝나고, 현실이 어디서 시작하는지 모르는.

하지만 그 키스, 그 어루만짐은 너무 강렬하고 열정적이었다.

25

최악의 날들이었다.

시험, 연극, 루이스 엔리케, 무엇을 하고 있는지 모르는 데서 오는 두려움, 아말리아와 발타사르, 같은 것을 상상하게 되는 두려움, 하늘 위로 치솟았다가 마리사를 묻어 버릴 만큼 겹겹이 쌓여 가는 문제들까지.

무엇보다 몸과 마음이 외로운 것이 가장 힘들었다.

마리사는 학교에서만 딱 보고 마는, 그래서 대화하면서 솔직하게 털어놓을 시간도, 꽉 막힌 마음을 뚫기 위해 오후 내내 같이 보낼 시간도 없는 아말리아가 그리웠다.

예전처럼.

모든 것이 훨씬 더 간단했던 때처럼.

엎친 데 덮친 격으로 아말리아의 상태도 좋지 않았다. 의미 없이 이리저리 비틀거리며 지옥 같은 나날을 보내고 있었다. 하나는 아말리아의 아버지 때문이었다. 아말리아는 버림받았다는 생각에 절망에 빠진 아버지가 완전히 무너져 내릴까 봐 걱정하고 있었다. 다른 하나는 어머니 문제였다. 아말리아의 어머니는 자신이 나락으로 떨어지고 있다는 생각에 사로잡혀 인류 절반의 염원이라 할 수 있는 '새로운 시작'을 꿈꾸고 있었다. 아말리아는 여전히 새로운 세상에 있는 어머니를 보려고 하지 않았으며, 그녀만 인정하지 않는 듯한 현실을 등진 채 어머니의 집에 가는 것을 거부했다. 어쩌면 이런 이유, 혹은 다른 이유들로 난데없이 발타사르에게 그토록 집착하는지도 모른다.

아말리아는 그에게 완전히 빠져 있었다.

마리사는 전혀 몸을 말릴 생각이 없는 것처럼 젖은 채로 욕실에서 나왔다. 날씨가 너무 더워 머리카락, 얼굴, 몸을 따라 흐르고 피부를 따라 미친 듯이 아래로, 작은 대륙의 길을 다니듯이 미끄러져 내려가는 물방울을 느끼고 싶었다. 마리사는 힘이 나면서 청량한 기분이 들었다. 그래서 밤에 침대에서도 그랬으면, 하고 바랐다.

홀가분한 기분 그대로.

거의 매일 마주하는 거울이지만 지금은 다르게 느껴졌다. 거울은 때때로 마리사에게 말을 걸었다. 질문을 던질 때도 있었다.

아니면 마리사의 모습을 감추기도 했다. 또 어떨 때는 마리사가 자신의 모습만 바라봤다. 어떨 때는⋯⋯.

너무도 많은 날들⋯⋯.

항상 마리사 자신과, 거울 저편에는 지나간 자신의 모습이 있었다.

마리사는 털이 쭈뼛 서는 느낌이 들었다. 오한이었다. 피부에는, 그 부드러움이 마치 저 아래에서 표면으로 나오려고 애쓰는 바늘통이 된 것처럼 작은 돌기들이 잔뜩 올라와 있었다. 그러나 마리사는 세면대에 기댄 채, 때때로 자신을 변질시키는 강렬함으로 뚫어지게 거울 속 모습을 보며 꼼짝하지 않았다.

'넌 누구야?', '넌 누구야?', '넌 누구야?'

그러나 가장 괴로운 질문은 '넌 뭐야?' 였다.

금요일 밤이었다. 마리사의 부모님은 또 프란시스카 이모 집에서 주말을 보내려고 갔다. 마리사와 차리 없이. 부모님은 이제 두 손 두 발 다 들었다. 입이 삐죽 나온 차리를 견딜 수가 없었고, 마리사는 시험 준비를 해야 했다. 마리사의 가족은 암묵적으로 원래대로 돌아오기로 합의했다. 그래서 거짓 평화와 긴장감이 팽팽한 평온함이 감돌았다. 다들 기다리는 것처럼 보였다.

때를 기다리는 것이었다.

시간이 해결해 주는 법이니까.

마리사는 자신을 침범하던 두려움이 다시 올 것 같은 예감이 들었다. 그러자 도망치고 싶은 것인지 아니면 울고 싶은 것인지 스스로도 알 수 없어 몹시 혼란스러워졌다. 어쩌면 텔레비전 앞에 앉아 최대한 아무 생각 없이 영화 한 편을 보고 싶은 것일 수도 있었다. 혹은 침대에 누워 자고 싶은 것일지도 몰랐다.

자신에게 던지는 물음 앞에 갈팡질팡하던 마리사는 점점 더 이치에 맞지 않은 행동을 했다. 흑과 백, 두 개의 양 끝처럼 마음이 왔다 갔다 했다.

불행하게도 마리사는 집에 혼자가 아니었다. 차리도 마찬가지였다.

이번에는 아무런 소리도 내지 않긴 했지만, 옆방에선 여전히 차리와 페르난도가 '놀고' 있었다.

마리사는 그것이 사랑인지, 필요인지, 아니면 도전인지 스스로에게 물었다.

아말리아는 발타사르와 영화를 보기로 했다.

"너랑 루이스 엔리케도 같이 보자. 제발!"

아말리아가 애원하듯 말했다.

마리사는 아직도 그것이 최선인지 확신이 없었다.

마리사는 이해가 되지 않았다. 하지만……

많은 여자 친구들이 사랑에 빠지면 연락이 뜸해지면서 점점 사이가 멀어진다. 물론 처음에는 우정을 지키겠다고 서약을 하지만 결국에는 사랑이, 애인과의 관계가 더 우선이었다. 마리사는 이에 대해 언급하는 소설을 읽은 적이 있었다. 소설에는 이런 문구가 있었다. '많은 소녀들은 가장 친한 여자 친구를 너무 좋아한 나머지 그 친구가 사랑에 빠지면 거절당하고 소외됐다고 느껴 엉망인 기분으로 보낸다.'

소외되고 거절당한 느낌.

바로 그것일까?

아니다. 마리사는 영화를 보고 싶지 않았다. 그렇다고 방으로 돌아와 이제는 적어도 칠 분은 버티는 '오분남'의 절규와 신음 소리를 마주하고 싶지도 않았다. 마리사는 페르난도가 너무 싫었다. 페르난도는 마리사가 알고 있거나 상상할 수 있는 모든 남자들 중 가장 야만스럽고 끔찍했다.

마리사는 그런 그를 대면하게 만든 언니까지 증오하기 시작했다.

몸을 닦으려고 수건을 집으려던 참이었다. 바로 그때 마리사가 떠올리고 있던 모습이 그곳에서, 욕실 문이 노크도 없이 갑자기 열리면서 그 실체를 드러냈다.

페르난도였다.

마리사만큼이나 몸에 걸친 것이 없었다.

일 초도 안 되는 순간이었다.

정말 눈 깜짝할 사이였다. 하지만 그것으로도 충분했다. 페르난도는 마리사 때문에, 마리사는 페르난도 때문에 굳어 버리고 말았다.

먼저 반응을 한 쪽은 마리사였다.

마리사의 비명 소리는 마리사의 집, 건물, 같은 블록에 있는 다른 집들의 벽이란 벽은 다 뚫고 지나갈 정도였다.

"나가! 나가! 내 말 안 들려?"

마리사는 신경질적으로 소리를 지르며 수건으로 몸을 가렸다.

"여기가 너네 집이야? 너랑 언니만 있는 게 아니란 말이야! 재수 없어. 이런 바보 천치 같으니!"

마리사는 움직여 문을 닫으려고 했다. 페르난도는 손으로 몸을 가리는 것 빼고 여전히 어찌할 바를 몰라 했다. 그 순간 페르난도는 불쌍해 보이는 인상에, 깡마르고, 청소년 범죄자처럼 끔찍해 보였다. 머리는 짧았고, 흰 피부에는 멍이 얼룩덜룩 나 있었다. 뒤에는 이미 차리가 놀란 표정으로 뭔가로 몸을 가리고 나타났다.

"미…… 미안해."

페르난도가 더듬거리며 말했다.

"네 남자친구한테 전해! 내가……."

마리사는 말을 잇지 못하고 마침내 문을 닫았다.

"재수 없어. 정말!"

마리사가 바람이 날릴 정도로 있는 힘껏 문을 닫자, 비명 후 찾아온 굉음으로 아파트와 집 전체가 흔들거렸다.

반대편에서는 페르난도가 변명을 하고 차리가 잔소리를 하며 서로 옥신각신하는 소리가 들렸다. 둘이 차리의 방으로 피신하자 움직임과 수군거림도 끝이 났다.

마리사는 분노로 바르르 떨며 잡고 있던 수건으로 대충 몸을 가린 채 거울 앞에서 다시 혼자가 됐다.

이제 울고 싶은 생각은 사라졌다. 대신 누군가를 죽이고 싶었다.

26

학교 극장은 꽉 차 있었다. 제일 앞쪽 관람석과 계단식 관람석도 가득 메워져 있고, 안쪽과 양옆에 서서 기다리는 사람들까지 있었다. 객석에서는 올해 작품이 볼 만하다, 아마추어 공연이지만 수준이 높다, 배우들의 실력과 감독의 지도력 또한 훌륭하다는 말이 들려왔다.

일 막은 진심 어린 박수 속에 끝이 났다. 우레와 같은 박수갈채는 배우들의 사기를 더욱 돋웠다. 이 막은 순풍에 돛을 단 듯했다. 아무런 실수도, 문제도 없었다. 루이스 엔리케는 가상의 표지판이 된 것처럼 민첩하고 숙련되게 배우들의 마지막 위치를 지휘했다. 입장, 퇴장, 단체 안무 그리고 마지막 결과로서 나온 재미는 '잘 놀아 보자'라는 당초 목표를 이루게 했다. 깔깔대는 웃음소리가 너무 커 관객이 다음 대사에 귀 기울일 수 있도록 배우들이 잠시 기다려야 할 때도 있었다.

무대 위에서 긴장은 반짝 빛나는 눈빛과 활기에게 자릴 내주었다.

"좋아!"

"이렇게만 하면 돼!"

"이제 네 차례야. 집중해!"

"준비됐어요!"

마지막 장면은 에너지가 충만한 채 흘러갔고 관객에게 멈출 수 없는 카타르시스를 안겨 줬다. 마리사는 작은 여신처럼 빛났다. 푸엔산타는 그 존재만으로도 눈에 띄었다. 루이스 엔리케는 진정 프로다운 매력을 뿜어냈다. 나머지는 이들과 잘 어우러졌다. 피날레가 되자 수많은 연습과 노력에 대한 보상으로 박수를 받는 최고의 순간이 찾아왔다.

사람들은 자리에서 일어나 배우들에게 갈채를 보냈다.

마리사는 믿을 수가 없었다.

무대 위에 있는 자신과, 아래에서 자신의 연기를 보며 넋이 나가 있는 관객까지도. 마리사는 환희가 가득한 관객의 표정, 미소, 크게 뜬 눈을 봤다. 또 서로 고개를 끄덕이며 옆 사람에게 던지는 말까지도 들을 수 있었다. 마리사의 옆에는 루이스 엔리케가 그녀의 손을 잡고 관객에게 인사를 하고 있었다. 루이스 엔리케는 마리사와 잠시 눈이 마주치자 행복한 얼굴로 윙크를 했다.

그런 기분은 처음이었다.

마리사는 태어나서 지금까지 비슷한 기분을 느낀 적도 없었다. 그건 뭐든지 할 수 있는 느낌, 균형 잡힌 느낌, 평화 그리고 자신감이었다. 온갖 감정이 한데 뒤섞여 결정체를 이루었다. 자신에게 확신도 없고 소심하던 마리사가 처음으로 대중 앞에 연기를 하고 박수를 받고 있었다. 루이스 엔리케의 말이 옳았다. 그가 제대로 본 것이다. 마리사에게는 뭔가가 있었다.

그 뭔가가 마리사가 갈 길을 정해 주었고, 남은 인생에 진정한 의미를 더해 주었다.

마리사는 그 순간을 잡아 영원한 것으로 만들고 싶었다. 시간을 멈추고도 싶었지만 그 완전한 환희에 취하는 것 말고는 아무것도 할 수 없었다. 배우들이 한 번, 또 한 번 인사를 한 후 이삼 분이 지나자 박수

소리가 잦아들었다. 드디어 무대 뒤로 완전히 퇴장하자 박수 소리가 멈췄다. 분장실은 난데없이 배우들의 친지들과 학교 선생님들, 친구들 그리고 그저 그곳에 있고 싶던 사람들까지 모여 혼잡해졌다. 마리사는 푸엔산타, 루이스 엔리케와 껴안았다. 꼭 구름 위를 걷는 기분이었다.

"확신이 좀 들어?"

그것이 루이스 엔리케가 마리사에게 한 유일한 말이었다.

"이제 그러기 시작했어요."

마리사가 인정한 듯 말했다.

루이스 엔리케는 마리사를 다시 껴안으며 그녀의 귓가로 다가와 마리사가 그토록 두려워하던 그 말을 또 했다.

"사랑해."

마리사는 이번에는 두 눈을 감고 루이스 엔리케의 따뜻한 품속에서 오롯이 그의 말을 간직하고 싶었다.

마리사는 자신이 루이스 엔리케를 필요로 한다는 사실이 이상했다.

루이스 엔리케는 마리사의 곁을 떠나 자신을 축하하러 온 사람들을 맞이했다. 루이스 엔리케의 빈자리를 대신해 헷갈릴 수 없는 한 목소리가 마리사의 뒤에서 들렸다.

"장난 아니던데!"

마리사가 고개를 돌리자 아말리아가 보였다. 사실 마리사는 무대에 있을 때 오른편 안쪽의 객석에서 발타사르의 옆에 앉아 있던 아말리아를 봤다. 지금은 분장실에 와 있는, 아말리아의 생기 있고 친근한 미소와 그 옆에 서 있는 발타사르의 빛나는 모습을. 눈 깜짝할 사이에 아말리아가 마리사에게 달려들어 끌어안았다.

"너 진짜 멋졌어! 정말 굉장해!"

아말리아는 몸이 눌릴 정도로 마리사를 껴안았고, 마리사 역시 이내 충격에서 회복되어 같이 끌어안았다. 마리사는 요 며칠 동안 아말리아가 필요했었다.

필요하다, 그것이 정확한 단어였다.

"공연 좋았어?"

"완전."

아말리아는 몸을 떼면서 마리사를 바라봤다.

"연기 너무 잘하더라."

아말리아는 '너무'에 힘을 주어 말했다. 아말리아의 두 눈이 모든 것을 말해 주었다.

"나 정말······."

발타사르가 처음으로 끼어들었다.

"축하해."

발타사르가 마리사의 뺨에 입맞춤을 하며 인사를 했다.

"난 아직도 정신을 못 차리겠어."

"너야 날 만난 이후로 계속 그렇잖아."

아말리아가 말하자 모두 웃음을 터뜨렸다.

푸엔산타가 발타사르와 아말리아의 뒤로 지나갔다. 입가에는 특유의 의미심장한 미소를 짓고 있었다. 푸엔산타는 묘한 눈빛과 찬란한 광채를 뿜어냈으며 가깝든, 멀든, 주변의 누구나 확실하게 능가하는 명민함과 총명함을 지녔다. 푸엔산타는 마리사의 시선을 포착하고는 일이 초 동안 눈을 마주쳤다. 푸엔산타는 마리사의 눈빛을 산산조각

내더니 신비한 시선으로 되돌려 주었다.

그런 뒤 인사와 포옹을 나누고, 성공을 축하하러 온 사람들을 맞이하며 마리사에게서 멀어졌다.

"밖에 네 부모님이 와 계셔."

아말리아가 마리사를 슬쩍 부추기며 말했다.

"차마 못 들어오고 계셔."

"내가 만나고 올게. 너희들은 여기에 있을 거니?"

"응. 뭣 좀 먹으러 가야지?"

아말리아가 말했다.

"알았어."

"우리는 이 근처에 있을게."

마리사는 분장실에서 나왔다. 아버지, 어머니 그리고 차리가 자기들끼리 이야기를 나누고 있었다. 마리사는 셋이 있는 쪽으로 다가가 껴안고 입맞춤을 나눴다. 마리사는 경탄하는 언니와 딸을 자랑스러워하는 어머니보다도 감동 받은 아버지의 마음이 가장 먼저 느껴졌다. 아버지는 깜짝 놀란 것 같았다.

무엇보다 아버지가 이런 말을 하다니 정말 뜻밖이었다.

"내가 이제껏 널 잘 몰랐나 보다. 그러니까 내 말은 그 위에서 갑자기……."

"너희 아빠가 내내 '저게 마리사라니 믿을 수가 없어.' 라고 하더라."

마리사의 어머니가 끼어들었다.

"나도 널 다시 봤다니까."

차리가 말했다.

마리사는 계속 아버지를 바라봤다.

"이거…… 너한테 중요한 일 맞지?"

"아직은 잘 모르겠어요, 아빠. 하지만 그런 거 같아요. 확실한 건 한 번 시험해 보고 싶다는 거예요."

"네가 어떤 결정을 하든 잘될 거다."

아버지는 두 팔로 마리사를 꽉 끌어안았다.

감동이 계속됐다. 마리사는 이런 아버지의 모습을 본 기억이 거의 없었다.

마리사는 그것이 그 어떤 박수보다 낫다는 것을 알았다.

"고마워요, 아빠."

이제 마리사가 아버지를 안아 줄 차례였다.

몇 분 전에 그랬듯이, 시간을 멈추고 관객의 상을 받았을 때 자신의 영혼 위를 날아 다니던 천사를 손에 쥐고 싶었다. 마리사는 이제 그 시간을 멈추어 더욱더 자신의 것으로 만들고 싶었다.

여태껏 이렇게 아버지의 마음을 얻었던 적이 몇 번이나 있었던가, 라고 마리사는 생각했다.

세 번째 **진실**

"상처는 치료될 거야. 사랑은 우리를 아프게 하고 흔적을 남기지만

시간이 지나면 다 낫게 되지. 사랑의 상처가 없는 사람이 어디 있니?

그러니 마음 편하게 가져. 넌 네가 해야 할 일을 했을 뿐인데

그것 때문에 스스로를 비난할 필요는 없어. 그냥 즐겨."

27

방학 첫날이었다.

여름과 세상이 코앞이었다.

마리사는 상념에 잠기고, 계획을 짜고, 생각을 정리하고, 작심을 하며 침대에서 한참을 보냈다. 마리사는 읽고 싶던 책과 쓰려고 한 편지, 따라잡으려고 한 최신 소식들 그리고 때로는 불가항력 때문에, 때로는 게을러서 뒤로 미뤄지고 지켜지지 않았던 바람들을 떠올렸다.

여름을 앞두게 되자 모든 것이 더 쉬워 보였다.

마리사의 의문, 근심, 불안함, 답이 없는 질문, 질문의 모색에 대한 해답, 그녀 자신임에도 불구하고 항상 멀게 느껴지는 거울 속 모습은 여전했다. 하지만 갑자기 뭔가에 매달리게 된 것이 마리사를 조금, 단지 조금 더 강하게 느끼게 해 주었다. 누가 말했던가? '기댈 곳을 주면 세상을 움직이겠다.' 라고.

마리사는 생각지도 못한 성공적인 연극 데뷔-데뷔라고 하기에는 아직 이르지만-덕분에 이제 막 기댈 곳을 찾은 셈이었다. 사막에서 길을 찾은 것이 근래에 일어난 일 중 최고였다.

그곳에 길이 있었다.

마리사의 현재라는 사막에 펼쳐진 넓고 확실한 길 말이다.

그 때문이라도 마리사는 루이스 엔리케에게 감사해야 했다.

기회를 주었기 때문에?

마리사의 머릿속에서 질서를 찾으며 떠돌아다니던 모든 것이 루이스 엔리케가 상념 사이에서 나타나자 뿌옇게 흐려졌다. 마리사는 루이스 엔리케가 미소 짓고 있는 것조차 눈치채지 못했다. 누구든 마리사를 부러워할 것이다. 그처럼 아름다운 로맨스의 주인공이 됐으니 운이 정말 좋다고 밖엔 표현할 길이 없었다. 루이스 엔리케를 동경하던 여학생들이 어디 한두 명이던가. 공연 날 밤 루이스 엔리케의 '사랑해.'는 음악에 맞춰 마리사의 마음을 따라 울리고 그녀의 존재 구석구석에 빛줄기를 퍼트리며 흔들리고 있었다.

누군가와 행복해야 한다면 그건 바로 루이스 엔리케였다.

마리사는 전화벨 소리가 울리면서 가상의 평화가 일상으로 바뀌자 짜증이 솟구쳤다. 그냥 침대에서 일어나지 않고 전화 소리를 모른 척하고 싶었다. 그러나 집에 혼자 있다는 사실이 떠올랐다. 중요하거나 급한 전화일지도 몰랐다. 아니면 루이스 엔리케의 전화이든가. 결국 마리사는 자리에서 일어나 거실로 가서 수화기를 들었다.

마리사는 수화기를 들고 통화를 하며 방으로 돌아갔다.

"누구세요?"

"나야."

아말리아였다.

"안녕."

"뭐 하고 있었어?"

"그냥 있었어."

마리사가 한숨을 쉬었다.

"방학하니까 진짜 좋지 않냐?"

"좋기만 하겠니. 완전 끝내줘!"

"넌 뭐해?"

"따분해서 죽을 지경이야."

아말리아가 웃음을 터뜨렸다.

"좀 이따 만날까?"

"좋아."

"내가 널 너무 방치했지? 나도 알아."

"나 신문의 '사람을 찾습니다' 란에 광고까지 냈잖아. '외로운 여인이 함께할 상처받은 영혼을 찾습니다.' 라고."

"내가 잘못했어."

아말리아가 말했다.

"우리가 밀린 얘기 업데이트하는 거야 금방이지. 발타사르는 퇴근해야지만 만날 수 있거든."

"점심 먹고 바에서 만날까?"

마리사가 제안했다.

"난 청바지랑 내 행운의 티셔츠를 입고 갈게. 그래야 네가 날 알아볼 거 아니야."

"이따 봐."

마리사가 인사를 했다.

"안녕."

마리사는 전화를 끊고 나서도 계속 침대에 누워 게으름을 피웠다. 수화기를 식탁에 놓을 새도 없이 다시 전화가 울렸다.

"마리사?"

루이스 엔리케의 목소리가 들렸다.

"나 오빠 생각하고 있었는데……."

"기분 좋은걸?"

루이스 엔리케가 환호성을 외쳤다.

"바보같이 굴지 마요."

"아주 비싸게 굴던 여자가 한 발짝 다가왔는데 왜 안 그렇겠어. 그나저나 무슨 생각을 하고 있었는데?"

"뭐 특별한 건 아니에요."

마리사가 얼버무리며 말했다.

"잘 지냈어요?"

"베르베나(주로 축제 전날 야외에서 열리는 댄스파티-역주)때문에 전화했어. 아말리아한테도 전해 주라고. 마침내 라파네 집에서 하기로 결정돼서 말이야. 우리만을 위한 파티라고! 환상적일 거야. 수영장이랑 정원이 있는 별장에서 하거든."

"멋지네요."

"부모님께는 말씀 드렸어?"

"네."

"뭐라고 하셔?"

"아무 말도 안 하시던데요? 별문제 없을 거예요. 내가 전에도 오빠한테 얘기했잖아요."

"외박해도 된대?"

"산후안 축제(매년 유월 스페인 각지에서 열리는 축제. 모닥불을 피워 소망을 적은 종이를 태우며 불 주위를 돌거나 불을 뛰어넘는다-역주)의 베르베나인걸요. 특별한 날인 데다가 내가 어디에 있을지 알려 드리기만 하면 괜찮아요. 부모님이야 내가 밤늦게 누군가와 차를 타고 나가서 놀까 봐 걱정하시는 거거든요. 게다가 아말리아랑 같이 있다고 하면 더 안심하실 거예요. 오빠도 느꼈겠지만 부모님이 아말리아를 무척 신뢰하시거든요."

마리사가 눈을 번뜩이며 말했다.

"부모님은 아말리아를 분별 있고, 진중하고, 책임감 있는 아이로 보세요. 또 나랑 함께 있으면 서로 의지가 된다고 생각하시고요."

"파티 정말 근사할 거야."

루이스 엔리케가 말했다.

"나도 기대가 많이 돼요."

이삼 초간 침묵이 흘렀다. 마리사는 루이스 엔리케가 일 년 중 가장 짧게 느껴질 밤에, 기대하던 데이트를 약속했다고 감정에 휩쓸릴까 봐 두려웠다. 어쩌면 루이스 엔리케는 이미 그랬을지도 모른다. 그러나 전화선을 타고 다시 나타난 그의 목소리는 다른 이야기를 전했다.

"연기 학원 알아보러 가는 건 언제 할까?"

"산후안 축제 끝난 후가 어때요?"

"좋아."

"아빠는 연극이 좋았다, 재미있었다, 너무 놀랐다 등등의 말을 달고 사세요. 정말 믿기지가 않아요. 아빠가 그런 말을 하다니. 세상에."

"어머니랑 언니는 뭐라고 해?"

"엄마도 자랑스러워하세요. '예술가'가 되는 거에 대해 좀 그렇게 생각하시긴 하지만요. 엄마한텐 몇 년이 걸릴 테니 차분히 지켜봐 달라고 했어요. 뭔가 이루긴 하겠지만 연예 잡지에 나오는 그런 사람은 안 될 거란 말도 했죠. 언니는 날 제일 지지해 줘요. '유명인의 언니'가 된다는 생각에 그런 것 같아요."

"언니의 페르난도는?"

"이제 지능 아니면 외모를 되찾아 가는 중인 거 같아요. 둘 다일지도 모르지만."

"뭐가 됐건, 내가 전에도 말했었잖아."

"네."

마리사가 대답했다.

"오빠가 페르난도를 어떻게 봤는지 모르겠지만 맞아요."

"사실 그런 건 아무 의미 없고, 내 관심사는 오직 널 꾀는 것뿐이었어."

"바보 같은 소리 좀 그만해요."

"나도 살 궁리를 해야지!"

"난 아직도 꿈을 꾸는 기분이에요."

"너랑 네 의문들 때문이겠지."

루이스 엔리케가 곰곰 생각하더니 말했다.

"중요한 건 기본기야. 너한텐 기본기가 있어. 다른 건 공부하고, 인내심을 가지고……."

"내 스스로 확신이 없다 보니 힘들었던 거 나도 알아요."

"너 고야상(매년 개최되는 스페인 영화제-역주) 받으면 나한테 감사 인사라도 해야 해."

"됐네요!"

루이스 엔리케는 마리사를 믿었다. 이런 사실 또한 특별했다. 이것도 중요했다.

마리사는 두 눈을 감고 다리를 꼬았다. 여름 그리고 방학이었다. 석 달의 미래가 눈앞에 있었다. 마리사는 아말리아와 함께 잃어버린 시간을 회복하며 오후를 보낼 참이었다. 루이스 엔리케와도 만날 것이다. 그리고 퍼즐 조각이 머릿속에서 마리사 혼자의 힘으로 또는 남의 도움을 받아 제자리를 잡기를 기다리며 계속 계획을 세울 것이다.

한편으로는 수많은 수수께끼에 대한 해답을 기다려야 했다.

그렇다. 오늘은 방학 첫날이다.

여름과 세상이 코앞이었다.

마리사도 루이스 엔리케도 서두를 필요가 없었기에 둘은 계속 통화를 했다.

28

산후안 축제의 베르베나는 금세 화두가 됐다. 마리사와 아말리아는 만나자마자 그 얘기를 했다.

"라파라는 애는 누구야?"

아말리아가 물었다.

"루이스 엔리케 친구야."

"수영장과 정원이 있는 별장에서 한다고?"

아말리아의 얼굴에는 기대감이 가득해 보였다.

"응. 좋지?"

"굉장하다! 거의 할리우드급인데? 분명 사람들이 많을 텐데 아무하고도 인사를 못 나누겠다. 아쉬워."

"네가 언제부터 사람들한테 인사하는 게 중요했니?"

"그렇지?"

아말리아가 짓궂은 표정을 지었다.

"난 연극반 사람들하고만 인사할 거야."

"그 푸엔산타도 오니?"

"응. 왜?"

"잘 모르겠지만 왠지 그 언니를 보면 오싹해져."

마리사는 눈썹을 치켜세웠다.

"정말?"

"잘 모르겠지만, 좀 묘해 보여. 뭐랄까……."

"아주 흥미로운 사람이야."

마리사가 말했다.

"누가 아니래. 흥미롭고, 멋지고, 똑똑하지 않단 말이 아니라 그냥 처음 봤을 때 아리송하다는 느낌이 들었다는 거지."

아말리아가 애매모호한 표정을 지었다.

"암튼 묘해. 그뿐이야."

"좀 거만해 보이긴 해."

"그 이상이야."

아말리아는 어투를 바꾸며 말을 이어갔다.

"내 말 너무 신경 쓰진 마."

"아니야. 나도 그 언니 잘 모르는걸."

"너랑은 잘 맞니?"

"보통이야."

"어쩌면 그 눈빛이나 말투 때문일지도 몰라."

"왜 이유 없이 싫은 사람들이 있잖아."

마리사가 말했다.

"그런 건 아니야. 멋진 여자긴 해. 그러니까……."

아말리아는 다시 얼굴을 찡그렸다.

"나중에 우리 둘만 있을 때 그 언니 얘기 실컷 하자."

"알았어. 발타사르 얘기나 좀 해 봐."

"나중에 우리 둘만 있을 때 발타사르 얘기 실컷 하자. 응?"

아말리아가 웃음을 참으며 말했다.

"네 맘대로 해."

"어제 발타사르가 그러는 거야. 자기 친구가 여는 베르베나에 가고 싶다고 말이야."

"오, 안 돼!"

마리사가 놀란 듯이 외쳤다.

"그래서 내가 난 너랑 가기로 했다고, 그러니까 협상할 생각 말라고 했어. 두 탕 뛸 일은 없을 거야."

"다행이네. 우리 부모님이 너랑 같이 간다면……."

"설마 너희 집에 가서 부모님을 만나라는 건 아니지?"

"아니야. 내가 너도 간다고 했거든. 그래서 만약에 네가 안 가고 그걸 부모님이 아시게 되면……."

"안심해. 너 혼자 위험에 처하게 내버려 두진 않을 테니까."

"무슨 위험?"

"베르베나 말이야!"

아말리아는 두 손을 벌리고 눈을 크게 뜨며 말했다.

"미국 애들의 졸업 파티나 마찬가지잖아! 리무진, 영화 같은 옷, 춤, 방탕한 행동들……. 그리고 숙녀의 처녀딱지를 떼기 위한 호텔 방까지!"

"됐어!"

"두고 보자!"

아말리아는 팔짱을 꼈다.

"원래 다 그런 거야. 산후안 축제 베르베나에 오는 수천 명의 커플들 좀 봐. 남자가 고백하면 여자는 분위기에 취해서 받아들인다고. 그때가 일 년 중 섹스를 가장 많이 하는 밤인 거 몰라? 광란의 밤인 거지. 술, 열기, 여름, 폭죽 그리고 일출. 모든 게 딱 들어맞는다니까.”

“드라마를 너무 많이 보셨군.”

마리사가 말했다.

“발타사르는 거기에 간다고 완전 흥분 상태야. 그날이 우리의 공식적인 결혼 첫날밤이 될 거라나 뭐라나. 루이스 엔리케가 어떻게 돌진할지 두고 보라고.”

“내가 그렇게 내버려 두진 않을 거야.”

“내버려 두게 될걸?”

“너 미쳤어?”

“뭐 어때서? 그 오빠 정도면 완벽하지!”

“네가 그랬다고 나까지 그래야 해?”

“친구야.”

아말리아가 마리사의 손을 잡았다.

“넌 눈앞에 복이 있어도 그걸 몰라보니? 우린 축복받은 여자들이야! 발타사르 완벽하지, 너의 루이스 엔리케도…….”

“놀랍다. 나중엔 너희 부모님이 너무 빨리 결혼해서 그 난리가 벌어진 거라고 할 참이야?”

“나 발타사르랑 결혼할 생각 없어! 그냥 지금은 그렇다는 거지.”

“네가 뭘 알아? 사랑은 가장 독한 마약이라고 하잖아?”

“알았어, 알았어!”

아말리아는 한발 물러서는 듯하더니 탁자 위에 팔꿈치를 놓고 턱을

괴었다. 그러더니 불쌍한 표정을 지었다.

"그저 베르베나일 뿐이잖아. 신 나게 보내겠다고 나랑 약속해! 한 번씩 미친 듯이 노는 것도……. 내가 얼마 전에 말한 거 생각나? 네가 이상하던 때 말이야. 그때 연애가 필요하다고 했잖아."

마리사는 여전히 이상했지만 아말리아에게는 말하지 않기로 했다.

"너야말로 제대로 건졌잖아. 바로 그 주에 말이야."

마리사가 말했다.

"그래. 이제는 잘 써먹어야지!"

"세상에. 너 좀 맛이 간 거 같다?"

마리사가 웃으며 말했다.

"오늘은 어제보다 맛이 갔지만, 내일은 덜할 거야. 나 조급해졌어."

"뭐 때문에?"

"뭐든지 갑자기 일어나니까. 흔적, 자취, 상처를 남기고 말이야. 사람들이 부모님을 믿어야 한다는 말은 안하디? 나 어제 엄마 만났어."

"정말?"

"너랑 지금 있는 만큼 가까이서."

아말리아는 짐짓 엄숙해 보였다.

"이제야 네가 오늘 왜 그런지 알겠다."

"내가 뭘?"

"어서 말해 보기나 해."

마리사가 재촉했다.

"무슨 말을 할까? 얘기할 것도 없어. 엄마는 행복해. 아님 행복한 여자처럼 하고 다니는 거든가. 무슨 사랑에 빠진 스무 살 소녀 같더라.

네가 보기엔 어때?"

"글쎄."

마리사가 대답했다.

"엄마는 제정신이 아닌 것 같아."

"늘 남들과는 다르셨잖아. 그렇다고 제정신이 아닌 건 아니지."

"적어도 내가 알기엔 사십 대의 평범한 여자가 그런 걸 하지는 않아. 완전 자상한 엄마인 척하더라. 내가 은둔 생활을 하는 수녀처럼 군다고 생각해 봐."

"어쩌면 모든 엄마가 우리 엄마 같아야 할지도 모르지."

"그렇다고 할 수 있지."

"무슨 말을 해 줘야 할지 모르겠다."

"아무 말도 안 하는 게 나아."

아말리아는 다시 짜증이 가득한 표정을 지었다.

"나야말로 패닉 상태야."

"왜?"

"우리 부모님이 산후안 축제 베르베나에서 눈 맞은 거잖아. 내가 말 안 했었나?"

아말리아는 거짓으로 승리의 미소를 지었다.

"난 몰랐는데?"

"뭐, 이제라도 알았으면 됐어. 암튼 그래서 요즘 아빠가 상당히 저기압이야. 늘 축제일을 기념일 삼았었는데……."

"기분이 최악이시겠는걸."

아말리아는 어깨를 으쓱해 보였다.

"그런데 우리 엄마는 웃고, 행복한 얼굴로 뾰족한 구두에, 튜브 모양 치마에, 말도 안 되게 파인 옷에, 찰랑거리는 머리를 하고 화장까지 끝내주게 하고 다니니 말이야. 세상에나!"

아말리아는 열 손가락을 춤추듯이 움직였다.

"믿기지가 않더라. 날 보는 사람은 아무도 없었지만 엄마는……."

"혹시 너희 아빠도 같이 있었니?"

"아빠? 아니! 아빠는 빠졌지. 나랑 엄마랑 둘만 만났어. 엄마는 잘 지내고 있다, 이제 다른 삶을 살고 있다는 둥의 소리를 하고 나서 눈물을 흘리고 용서를 빌더라."

"그래서 어떻게 했어?"

"내가 어떻게 했겠냐? 그런 말은 아빠한테나 하라고 했어. 그랬더니 이미 아빠한테 용서를 빌었는데 아빠가 자기 말을 들으려고 하지 않더래."

아말리아는 슬퍼하기는커녕 분노했다.

"엄마를 보니까……. 나도 잘 모르겠어. 내 말 무슨 뜻인지 알겠어? 우리 엄마지만 갑자기 다른 사람 같은 거야. 엄마야 항상 달랐지. 나도 알아. 그런데 그렇게 들떠 있는 모습이나, 갑자기 서둘러서 일을 진행한 거나, 활력이 넘치는 건 다른 문제잖아. 밤마다 아빠가 우는 소리를 얼마나 많이 들었는지 몰라. 정말 어떻게 해야 할지 모르겠어. 침대에 누워서 가만히 가슴에 손을 얹고 아빠가 어떤 기분일지 생각할 때가 있어. 엄마는 그 머저리 같은 놈이랑 재미 보고 있겠지. 이게 말이나 돼?"

아말리아는 몸서리를 쳤다.

"엄마의 지금 상태를 보면, 사랑에 빠진 데다 미쳐서……."

"부모님이 그 짓을 하는 걸 상상하기란 힘들지. 게다가 아빠나 엄마가 다른 사람이랑 한다는 건 말이야."

"구역질 나."

아말리아가 말했다.

"난 생각이 달라. 이 문제라면 아니야. 왜 꼭 그래야 해?"

"지금 누가 그런 말을 하는 거야?"

아말리아는 조금 미소를 되찾았다.

"어이, 이 발라당 까진 아가씨야!"

마리사는 아말리아의 말에 신경 쓰지 않았다. 아말리아와 다투고 싶지 않았다. 상대가 아말리아이기 때문이기도 했지만 그 순간에는 그러고 싶지 않았다. 마리사는 언짢은 아말리아의 기분과 그녀가 겪고 있는 괴로운 상황을 이해했다. 예고된 재난이 찾아온 것이나 다름없었다. 가끔 마리사는 아말리아나 그녀의 어머니 또는 아버지 쪽에서 그런 재난이 닥칠 거라고 예상했었다. 상처는 아물지 않아 여전히 벌어져 있었다. 그렇게 짧은 시간 안에는 아물기 어려운 상처였다.

마리사는 발타사르에 대한 아말리아의 무분별한 열정과 광기가 부모님의 이혼과 새 삶을 시작한 어머니와 상관이 없는지 생각해 보았다. 적어도 전혀 영향이 없었던 것은 아닐 것이다.

"미안해."

아말리아가 웅얼거리며 말했다.

"무슨 그런 말을 하니."

"너는 루이스 엔리케와 어때?"

"잘 모르겠어."

"넌 여전하고?"

"응."

"전혀 기대 안 한 순간에……."

아말리아가 갑자기 눈썹을 치켜세웠다.

"난 머릿속 정리나 먼저 해야 해."

마리사가 속마음을 털어놨다.

"너 내 말 들을 거야?"

"뭔데?"

"베르베나때 그냥 모든 게 자연스럽게 흘러가도록 내버려 두라고. 알겠지?"

"어떤 의미에서?"

"그냥 흘러가도록 내버려 둬. 그뿐이야. 억지로 만들려고도, 막으려고도 하지 말란 얘기야. 그렇게 할 거지?"

"하지만 난 잘……."

"약속해 줘."

아말리아가 끈질기게 말했다.

마리사는 아말리아를 잘 알았다. 원하는 대로 할 때까지 마리사를 내버려 두지 않을 거란 것을.

뭐가 그리 어렵겠는가? 그저 한 마디만 해 주면 되는걸.

마리사는 아말리아가 행복하고 기쁘게, 예전처럼 잘 지내길 바랐다. 발타사르가 아니라도 말이다. 어쩌면 그는 지나가는 남자일지도 모른다. 하지만 아말리아의 부모님은 아니다. 친구도 마찬가지이고.

"약속할게."

마리사가 한발 물러났다.

이유는 모르겠지만, 마리사는 뜻밖에도 그 약속에 얽매인 기분이
들었다.

29

마리사는 여러 가지 생각에 잠긴 채 집 문을 열었다. 열쇠를 돌릴 때도, 나무 문짝을 닫을 때도 거의 소리가 나지 않게 조용히 했다.

마리사는 자신의 방 쪽으로 걸어갔다. 몇 발짝 걸었을 때쯤 어떤 신음 소리가 들려왔다.

마리사는 얼어붙고 말았다.

신음 소리는 차리의 방에서 나오고 있었다.

마리사는 시간을 확인하고는 아랫입술을 깨물었다. 금요일이나 토요일도 아닌 평범한 날이었다. 부모님도 곧 있으면 도착했다. 언니는 어떻게 페르난도와 저런 위험을 무릅쓸 수 있을까, 라고 마리사는 생각했다.

마리사는 어떻게 해야 할지 몰라 망설였다. 문을 두드리고 말하면 괜히 참견하는 걸로 보일 것이다. 하지만 입을 다물었다 무슨 일이라도 일어나면…… 마리사는 생각하고 싶지도 않았다. 어쩌면 차리와 페르난도는 시간이 그렇게 된 걸 모르고 있을지도 모른다. 차리는 점점 더 페르난도에게 미쳐 가고 있었지만 그 야만인은…….

다시 길고 늘어진 신음 소리가 들렸다.

너무 길고 늘어져 마리사는 그곳에 즐거움이나 기쁨이 있는 것이 아니라는 걸 눈치챘다. 뭔가 다른 소리였다.

고통스럽고 아픈 듯한 소리였다.

마리사는 문에 귀를 대고 숨을 참으며 기다렸다. 소리의 주인공이 차리인 건 확실했다. 차리가 몸을 떨며 조용히, 그러나 깊게 울며 눈물을 삼키고 있었다.

마리사는 놀란 마음에 몰래 엿듣고 있었다는 사실을 잊어버렸다.

차리가 놀라지 않게 먼저 조심스레 주먹을 쥔 손으로 문을 두드렸다.

"언니?"

아무런 대답이 없었다. 대신 생각지도 않은 침묵만이 감돌았다.

마리사는 이번에는 좀 더 세게 문을 두드렸다.

"언니?"

"왜?"

저 너머에서 차리의 목소리가 들렸다.

"괜찮아?"

"꺼져!"

차리의 말은 마리사에게 들어오라는 말처럼 들렸다. 마리사는 손잡이를 잡고 문을 열었다.

차리는 이제 막 팔로 눈물과 콧물을 훔친 뒤였다. 차리가 거의 다 닦을 무렵에 마리사가 문을 두드린 것이었다. 하지만 차리의 눈이 모든 것을 말해 주고 있었다. 고통에 부대낀 듯 두 눈은 시뻘게져 있었다. 얼굴은 힘들어서인지 갑자기 늙어 버린 것 같았고 푹 꺼진 몸은 앞으로 구부러져 있었다. 차리는 침대에 앉아 있었다.

"나가."

차리가 힘없이 말했다.

마리사는 차리의 말을 듣지 않았다. 방 안으로 들어와 문을 닫고 침대 쪽으로 오자 더욱 놀랐다. 마리사는 냉담하면서도 애원하는 차리의 고통스러운 눈빛을 보았다. 증오에 가까운 원한이 섞인, 그러나 깊은 슬픔이 가득 담긴 눈빛이었다. 너무도 슬픈 눈빛 탓에 차리는 몹시 가엾어 보였다. 마리사는 차리의 곁에 앉았다. 차리는 마리사가 방에 계속 있을 거라는 걸 알고 자포자기했다.

"무슨 일이야?"

"아무것도 아니야."

"진짜?"

"나 좀 내버려 둬. 원하는 게 뭐야?"

"나한테 얘기해 봐."

"아무것도 아니라니까. 왜 이렇게 귀찮게 해?"

"우리 예전에는……."

"예전에는 어렸으니까! 짜증 나니까 나가! 썩 꺼져 버리라고!"

마리사는 말을 듣지 않았다. 결국 차리가 화가 잔뜩 난 채 일어나 방을 가로질러 문으로 나가 버렸다.

차리는 방문을 쾅 닫았다. 그런 뒤 마찬가지로 세고 거칠게 욕실 문이 열리는 소리가 났다.

마리사는 계속 침대에 앉아 차리를 기다렸다.

마리사는 차리가 걱정이 됐다.

차리는 이 분이란 긴 시간이 지나서야 돌아왔다. 이번에는 달랐다. 다시 방문을 열었지만 고개를 숙이고 조용히 들어왔다. 마리사는 자신이 계속 방에 있어서 차리가 화를 내며 쫓아낼 거라고 생각했지만 그건 오

199

산이었다. 차리는 처음엔 몹시 거칠게 굴었지만 이제 단념한 것 같았다. 지쳐서 항복한 것일 수도 있었다. 어찌 됐든 차리는 수건으로 얼굴을 적셨다. 그렇다고 안 좋은 얼굴이 나아 보이진 않았다. 차리는 엉망이었다.

그리고 아직 서 있는 채로 마리사에게 말했다.

"우리 그만뒀어."

마리사는 무슨 말인지 재빨리 알아챘다.

"정말?"

"응."

마리사는 믿을 수 없었다. 그건 말도 안 되는 일이었다. 그토록 미친 듯이 사랑하고, 열정을 쏟고, 섹스를 했는데…….

"실은 페르난도가 그러자고 한 거야."

차리가 말했다.

"왜?"

"우리 관계가 너무 빨리 진전됐다고. 그럴 줄은 몰랐다고…….'

차리가 주먹을 불끈 쥐며 외치자 그녀의 분노가 되살아났다.

"재수 없어!"

마리사는 일어나 나가려는 몸짓을 했다. 차리가 그런 마리사를 말렸다. 차리는 두 손으로 앞을 가로막고 고개를 두어 번 가로저었다. 마리사는 차리의 뜻에 따라 계속 침대에 앉아서 스스로를 감싸 안고 이리저리 걸어 다니는 차리를 바라봤다.

"남자들은 다 개새끼들이야. 알겠지?"

차리가 외쳤다.

"여자들은 남자들이 자기만 좋다고 하며 꽤서 이런저런 달콤한 소리를 해 대면 바보처럼 철석같이 믿어 버리잖아. 그런 다음에 온종일 침대에서 뒹굴다가 나중엔……."

"어쩌면 잘된 건지도 몰라."

"위로한답시고 그런 말이나 할 거면 입 다물어."

차리가 독설을 내뱉었다.

"언니가 원하던 건 뭐였는데? 그 놈이랑 계속 만나는 거? 양아치인데도? 걔 혼자 사귄 거나 다름없잖아."

"넌 마음에 안 들어 했지?"

"응."

"욕실 사건 때문에?"

"아니. 그전부터. 언니가 훨씬 나. 대체 언니가 왜 그런 놈을 만났는지 모르겠어."

차리는 이번에는 마리사를 나무라지 않았다. 그러기는커녕 마리사의 말에 수긍했다.

"나도 걔가 내 타입이 아니었다는 거 알아."

차리는 어깨를 으쓱해 보였다.

"그런 말이 아니야."

마리사가 말했다.

"사랑에 무슨 법칙이 있는 건 아니지만, 아까도 말했듯이 진짜 언니가 훨씬 나. 걔 언니 상대가 안 된다니까."

"난 제니퍼 로페즈가 아니거든?"

"나도 나탈리 포트만은 아니야. 하지만 그게 뭐가 중요해."

다시 눈물이 이어졌다. 차리는 얼굴을 찡그렸다. 지쳐 버린 침착함은 분해시키고 대신 고통이 담긴 괴물 같은 가면을 썼다. 두 손으로 가린 차리의 얼굴은 깊은 주름투성이였다.

이번에는 마리사가 일어나 차리를 힘껏 껴안았다.

"나…… 그 아이 사랑해……."

울상을 한 차리는 마리사에게 안긴 채 더듬거리며 말했다.

"걔한테 말했어?"

"응."

차리가 탄식했다.

"그랬는데도 언니가 달아나게 내버려 뒀다면 그 앤 아니야."

"내 생각에는…… 그 아이에게…… 다른 여자가 생긴 거 같아. 내일이 베르베나인데……."

체념한 차리는 완전히 무너진 채 울었다. 마리사가 붙잡지 않았다면 아마 바닥에 쓰러졌을지도 몰랐다. 마리사는 차리를 침대에 앉히고 눕혔다. 마리사는 계속 그곳에 남아 차리를 어루만지고 손으로 눈물을 닦아 주었다. 차리가 다시 숨을 고르게 쉬자 마리사는 차리의 이마에 입을 맞추었다.

"때론 결과적으로 잘된 일들이 있잖아."

"다음번엔 괜찮을 거란 말 했다간 가만 안 둬."

차리의 말이 맞았다. 그건 마치 젊은 나이에 과부가 된 여자에게 걱정하지 말라고, 곧 새 삶을 살게 될 거라고 하는 것과 같았다. 남자에게 차인 여자의 경우도 마찬가지였다.

아무도 현재가 그토록 괴로울 때는 미래를 생각하지 않는 법이다.

"언니, 내일은 집에 있으면 안 돼."

마리사가 말했다.

"그럼 내가 뭘 해?"

"나 파티에 가거든? 나랑 같이 가자."

"싫어."

"뭐야? 코흘리개 애들이나 가는 파티라고 생각하는 거야?"

"그런 게 아냐."

차리는 숨을 크게 들이마시며 다시 호흡을 가다듬었다.

"그게 아니라……."

"언니 혼자 있으면 잡념만 많아져서 더 안 좋아."

"난 아델라랑 클로티랑 갈 거야. 걔네들도…… 혼자가 됐거든."

아델라와 클로티는 차리의 오래된 여자 친구들이었다. 차리는 페르난도와 사귀기 시작하면서 그 친구들과 연락을 끊었었다. 예전에는 둘도 없는 친구 사이였지만.

희한한 행보이다.

차리, 아델라, 클로티. 그리고 마리사, 아말리아…….

"내 부탁 하나 들어줄래?"

차리가 말했다.

"그래."

"어제 예쁜 옷 한 벌을 샀거든. 저기 옷장에 있어. 내일 개시하려고 했는데 이제 이렇게 됐으니……. 사실 지금 아무것도 할 기분이 아니야. 네가 그 옷을 입었으면 좋겠어."

"하지만……."

"이건 부탁이야. 알겠지?"

차리가 힘없이 애원했다.

마리사는 차리가 또 우는 모습을 보고 싶지 않았다. 그 누구의 눈물도 견딜 수가 없었다. 누가 울면 마리사는 기분이 안 좋아졌다. 자신만의 환영이 밖으로 나오고, 의문과 근심이 헤집어지는 것 같았다. 그래서 마리사는 그 상황에서 자신이 할 수 있는 유일한 한 가지를 했다.

"알았어. 약속할게."

마리사가 체념하듯 말했다.

불명예스러운 옷이기는 하지만 마리사는 그 옷을 입을 것이다. 언니를 위해서.

마리사는 차리가 '오분남'과 헤어졌다는 사실이 기뻤다. 마리사는 그것이 잘된 일이었다는 것을 알았다. 하지만 차리는 스스로 그것을 이해하고 신에게 감사할 때까지는 계속 고통스러워할 것이다. 그러니 차리의 요구를 받아들이는 것쯤은 아무것도 아니었다. 그 옷은 이제 차리가 증오하는 대상, 페르난도의 기념품이 됐다. 차리는 그 옷을 입은 자신을 페르난도가 보고, 어루만지고, 선물 포장의 리본 끈을 풀 듯 옷을 벗기는 장면을 꿈꿨을 테니까.

마리사는 아말리아가 산후안 베르베나에 대해 말한 것을 떠올렸다.

또 루이스 엔리케도 떠올렸다.

이런저런 잡념은 아버지인지, 어머니인지 누군가 도착하는 소리가 들리자 모두 날아가 버렸다.

"침대에 들어가. 어서!"

마리사가 일어서며 말했다.

"엄마, 아빠한테는 먹은 게 탈 난 거 같다고 말할게."

30

그 옷은 눈부시게 아름다웠다.

처음으로 차리의 안목이 높아진 것 같았다. 품격과 개성이 있는 옷이었다. 게다가 딱 맞춘 옷처럼 마리사에게 근사하게 잘 어울렸다. 마리사는 그 옷을 입는 대신 차리가 페르난도와 행복하기를 바랐어야 했는지도 모른다. 그러나 그 상황에서 마리사는 그 옷이 자신에게 잘 어울리고, 자신을 예쁘고 성숙하게 보이게 한다는 사실을 인정할 수밖에 없었다. 게다가 옷의 목선, 꽉 조이는 부분, 라인 그리고 색상은 도발적인 구석이 있었다.

마리사는 거울로 자신을 바라봤다.

처음으로 앞에 보이는 것만 봤다.

작은 여신처럼 반짝이는 자신의 모습을.

"마리사."

마리사는 자신을 부르는 어머니의 소리를 들었다.

작별의 시간, 충고, 질책, 의문들, 두려움…….

"가요, 엄마."

마리사는 서둘러 옷을 벗었다. 어머니가 그 옷을 입은 자신을 보게 되는 것이 싫었다. 어머니는 그렇게 섹시한 옷을 입은 마리사를 보면 미쳤다고 할 게 분명했다. 마리사는 옷을 옷장에 집어넣고 청바지와 티셔츠를 입었다. 이른 시간임에도 불구하고 차리는 이미 나가고 없었다. 모두 외출 준비에 난리 법석인 가운데 집에 있기 싫어서였을 거다. 차리는 클로티, 아델라와 점심을 먹었다. 부모님은 어김없이 새로운 가족 도피처인 프란시스카 이모의 집에서 열리는 베르베나 초대를 수락했다. 덫에 걸려든 셈이었다.

이모 집에서 열리는 베르베나라니 생각만으로도 몸서리가 쳐졌다.

마리사는 방에서 나왔다. 식탁 위에 샴페인 두 병과 파이 두 개가 놓여 있었다. 가장 전형적인 크림 파이와 치차론 파이(산후안 축제 기간에 해 먹는 카탈루냐 지방의 요리로, 튀긴 돼지비계가 주재료이다—역주)였다.

바로 가족의 저녁을 위해 부모님이 준비한 음식이었다. 창문 너머로 벌써 평안한 실내 분위기를 깨뜨리는 폭죽 소리가 들려왔다. 마리사는 어릴 때나 지금이나 한 번도 폭죽을 좋아한 적이 없었다. 폭죽이 무서웠기 때문이다.

그때 아버지가 따분한 표정을 지으며 나타났다.

"마지막 러시아워에 걸리겠는걸."

아버지가 푸념했다.

"아빠랑 엄마가 차에서 베르베나를 보낸 게 어디 처음인가요."

마리사가 농담을 했다.

몇 년 전, 마리사와 차리가 더 어렸을 때, 넷은 아버지의 친구 집에서 하는 베르베나에 가다가 바르셀로나 교외에서 엄청난 교통 체증으로 발이 묶여 버린 적이 있었다. 결국 차 안에서 파이를 먹고 샴페인을 마셔야 했다. 마리사의 가족은 종종 그때를 특별한 날로 떠올리곤 했다. 성대한 마지막 가족 베르베나인 셈이었다.

마리사의 어머니는 손에 가방을 들고 근심 어린 얼굴과 뭔가를 잊어버린 듯한 표정으로 문 앞에 나타났다.

"나중에 늦지 않으려면 빨리 출발해야 해요."

어머니가 불평을 늘어놓았다.

"이러다가 정말……."

아버지가 볼멘소리로 말했다.

"여보, 나 좀 초조하게 만들지 마요!"

어머니는 딸을 바라봤다.

"넌 언제 나가니?"

"좀 이따가요."

"마리사……."

"왜요, 엄마?"

"엉뚱한 짓 할 생각 마라. 알았지?"

"엄마……."

마리사의 어머니는 '걱정하는 엄마' 행세를 해야 했기에 마리사는 체념했다. 마리사도 '까칠한 딸' 행세를 하고 방어적으로 나서야 했다. 그것이 자연과 나이가 그들에게 부여한 역할이었다.

"엄마고 뭐고 간에, 오늘 밤엔 죄다 술에 취해 미치잖니."

"우리는 아니니까 염려 마세요. 그래서 집에서 모이는 거잖아요. 기억 안 나세요? 여기저기 돌아다니는 게 아니라고요. 차분하고 책임감 있게 놀 거예요. 내일은 떠나기 전에 수영장에서 물놀이 좀 하고 나서 집에 올 거고요."

"책임감 있게? 나라고 너만 한 때가 없었는 줄 아니?"

"그럼 엄마도 갈 데까지 가 봤겠네요."

어머니는 마리사의 말에 뒤통수를 맞은 듯했다.

"내가?"

마리사의 어머니는 자기변호를 하려고 했다.

"내가 네 나이 때는 부모님이 직접 베르베나에 데려다 주셨어. 나중에 데리러 오시기 편하게 한 시간 정도의 거리에서 놀았고. 외박 같은 건 전혀 생각도 못했어. 거기서 해 뜨는 거 보는 게 뭐라니. 암튼 무슨일 생기면 나한테 전화해. 언제든지."

"휴, 알겠어요. 또 시작이에요?"

"여보, 애한테 말 좀 해 봐요."

마리사의 어머니가 남편에게 말했다.

"마리사, 아빠는 말이지……."

아버지가 짐짓 심각한 척을 했다.

"아빠나 엄마나 다 똑같아요!"

마리사는 더욱 더 몸서리를 쳤다.

"어쩔 땐 너희들을 죽이고 싶을 정도로 미워. 하나는 밥 먹을 때 되니 밖에 나가 버리고, 다른 하나는……."

"그렇게 만드는 게 바로 엄마라고요!"

"말이 나와서 말인데, 오늘 만나는 애들 전화번호 좀 대 봐."

"엄마! 나도 몰라요. 알더라도 알려 주지 않을 거지만요. 말도 안 되는 걸로 전화할 거잖아요."

"마음대로 하려무나. 아말리아 핸드폰 번호는 알고 있으니까 됐어."

어머니가 승리에 찬 목소리로 말했다.

208

"아말리아에게 전화만 해 보세요. 그랬다간⋯⋯."

"너도 다른 애들처럼 핸드폰이 있으면 좋을 텐데."

"아빠⋯⋯."

마리사는 아버지의 지원을 바랐던 것처럼 체념하며 말했다.

"차가 막힐지도 모르니 재갈을 챙겨 가야겠군."

아버지가 농담조로 말했다.

어머니는 항복했다.

"뭔가 빠뜨린 거 같은데, 그게 뭐지⋯⋯."

마리사의 어머니는 샴페인 두 병을, 아버지는 파이 두 개를 챙겼다. 마리사는 문까지 부모님을 배웅했다. 준비하고 나가려면 아직 세 시간이나 남았지만 한시라도 빨리 혼자 조용히 있고 싶었다. 층계에 다다라 엘리베이터를 누르자 마지막 저항감이 사라졌다.

"재미있게 놀다 와라."

아버지가 말했다.

"아빠가 오늘 밤 친척 하나를 죽이더라도 다 이유가 있을 거라 생각할게요."

"난 텔레비전이나 보려고."

"내일 전화해!"

어머니가 마지막으로 말했다.

엘리베이터는 마리사의 부모님을 주차장이 있는 건물의 깊숙한 곳으로 데리고 갔다. 인생에서 어쩔 수 없는 것에 대해 불안해 하는 어머니의 목소리와 차분한 아버지의 목소리가 메아리치더니 밑으로 내려갈수록 점점 희미하게 들렸다.

일 년 중 가장 마법 같은 밤을 알리며 거리에서 터지는 폭죽 소리로
정적은 이따금 깨졌다.

31

　루이스 엔리케는 신호등에서 차를 멈추고 핸들을 잡고 있던 오른손을 마리사의 팔에 갖다 댔다. 루이스 엔리케는 마리사에게 다시 감탄의 눈빛을 보냈다. 팔을 어루만진 후에는 칭찬 그 이상의 뜻이 담긴 말을 내뱉었다.

　"내가 말했던가? 너 정말 예쁘다고."

　"네 번이나 했어요."

　마리사가 비꼬며 말했다.

　"그게 사실이니까."

　"좀 그만 해요."

　"이 옷 멋지다. 이런 모습은 처음 봐."

　"언니 옷이에요."

　"차리가 입으면 어떤지 모르겠지만 네가 입으니까……. 정말 섹시하고 매력적이야."

　"한 단계 상승했네요. 예쁜 거에서 섹시한 걸로."

　마리사의 팔을 쓰다듬던 루이스 엔리케의 손이 이제 살을 드러낸 부드러운 어깨로 올라갔다. 마지막 보행자들이 길을 건너고 있었다. 신호등이 주황색으로 바뀌었을 때 루이스 엔리케가 눈 깜짝할 사이에 마리사의 뺨에 입맞춤을 했다.

마리사는 여전히 미동도 하지 않았다.

루이스 엔리케는 다시 운전을 시작했다. 깜빡이를 켜고 좌회전을 할 무렵 배기량이 큰 오토바이 한 대가 귀가 먹을 정도로 으르렁거리며 그쪽으로 끼어들었다. 차가 급제동을 하는 바람에 마리사는 계기판을 꽉 잡아야 했다. 뒤에서 경적 소리가 들렸다.

"미친 놈!"

루이스 엔리케가 외쳤다.

"좀 전에 백미러로 봤을 때는 없었는데. 정말이야!"

뒤차의 경적 소리가 계속됐다.

"간다고!"

루이스 엔리케는 좌회전을 하고 나서 계속 아래로 내려갔다. 그 후로는 더욱 속력을 내지 않고 상황을 조절하려 애썼다. 단지 마리사에 대한 배려라고는 생각할 수 없을 정도로 조심스러운 모습이었다.

"아버지가 무서우신 편이에요?"

마리사가 물었다.

"차에 관해선 그러시지."

루이스 엔리케가 격하게 인정했다.

"차에 무슨 일이라도 생기면 날 고소하실걸? 밤에 나가라고 차를 빌려 주신 건 이번이 처음이야."

"아버지께 뭐라고 했는데요?"

"네가 얼마나 근사한지에 대해 얘기했지."

"내 얘기는 하지 말았어야죠!"

"뭐가 어때서?"

"오빠 정말……."

마리사는 손바닥으로 살짝 루이스 엔리케를 때렸다. 루이스 엔리케가 아픈 시늉을 했다.

"오늘 밤은 특별해."

루이스 엔리케가 말했다.

"왜 특별해야 하죠?"

"우리의 첫 데이트니까."

"왜 이렇게 로맨틱하게 구는 거예요?"

"너도 로맨틱하잖아. 딱딱하게 굴지 마. 우리 함께 일출도 볼 거잖아. 그건 거의 상징적인 의미라고."

마리사는 그런 말을 들으니 불편했지만 일단 조용히 있었다. 베르베나를 망치고 싶지는 않았다. 마리사는 루이스 엔리케에게 아무 말도, 더군다나 듣기 싫은 소리는 더욱더 하고 싶지 않았다. 그에 대해 새로운 기분을 느끼게 된 것이 스스로도 신기했다. 그것은 '필요함'이었다.

마리사는 루이스 엔리케가 필요했다.

그의 온기, 그의 포옹, 그와의 접촉, 그의 동반, 게다가 춤을 추거나 산책을 하며, 혹은 지금 가고 있는 그 집의 정원에서 할지도 모를 키스가 필요했다. 마리사는 그것이 절실하게 필요했다.

차리는 외로워서 울고 있을 것이다. 아말리아는 발타사르와 계속 미친 듯 사랑을 불태울 것이다. 그리고 마리사는……

그녀는 어디에 있는 것일까?

언니의 외로움과 가장 친한 친구의 사랑 사이에서 어떤 지점에 서 있는 것일까?

각각의 절반을 합할 수만 있다면.

한 방향으로만 좋아할 수 있다면.

적어도 간단한 답이라도 얻을 수 있다면.

그러나 그날 밤 마리사는 어떤 거울도 보고 싶지 않았다.

그것은 괄호이자 마침표였다. 한편으로는 하나의 섬이기도 했다.

산후안 축제의 베르베나. 일 년 중 가장 짧은 밤. 일 년 중 모든 것이 가능한 유일한 밤.

둘은 목적지에 도착할 때까지 겨우 대여섯 마디 주고받았다. 우거진 숲을 뒤로한 멋진 정원으로 둘러싸인 이층집은 바르셀로나에서 가장 높은 곳, 티비다보(바르셀로나에 있는 언덕으로, 시의 전경이 한눈에 들어오는 곳-역주) 근처에 위치해 있었다. 마리사와 루이스 엔리케는 차도를 나와 집 대문 앞까지 자갈길을 따라 오십 미터를 달렸다. 주변에는 이미 차 스무 대 정도가 주차돼 있었고, 사이사이에 오토바이 몇 대도 끼어 있었다. 딱 봐도 둘이 처음 도착한 건 아니었다.

"완벽해."

루이스 엔리케가 말했다.

"제일 늦게 도착하면 모두가 널 보겠지."

"뭐예요."

마리사가 푸념했다.

"나 진지하게 말하는 거예요. 사람들이 날 주목하게 만들었다간 그냥 가 버릴 줄 알아요."

"왜 바보같이 굴어?"

"그런 식으로 말하지 말아요! 이 옷도 입고 싶지 않았다고요!"

"진짜?"

"오빠, 제발요."

단지 마리사가 루이스 엔리케를 쳐다보며 그의 팔에 손을 갖다 대는 걸로도 충분했다. 바로 그 순간 마리사는 루이스 엔리케가 긴장해서 아무 말이나 내뱉고 있었다는 것을 느꼈다. 루이스 엔리케의 긴장감은 마리사를 불안하게 만들기는커녕 오히려 마음을 편안하게 해 주었다.

"우리 그냥 재미있게 보내요. 알았죠?"

마리사가 속삭였다.

"키스해도 될까?"

"네."

루이스 엔리케가 다가와 자신의 입술을 마리사의 입술에 포갰다. 딱 거기까지였다. 그저 한 번의 키스. 짧지만 강렬한. 둘은 서로 다른 정도의 흥분을 가라앉히고 차에서 내려 팔짱을 끼고 정문으로 향했다.

일 분 후 이미 별장 안에는 미소와 포옹, 소개, 시선 그리고 그 외 모든 것들이 시작됐다. 마리사는 주변 분위기와 우아함 그리고 세련미에 위축됐다. 그저 그런 집이 아니었다. 정원은 에덴동산 같은 분위기를 뿜어냈고 수영장은 마리사의 집만큼이나 컸다. 루이스 엔리케가 누군가에게 인사를 하는 동안 마리사는 눈으로 아말리아를 찾으며 집 안 구석구석 감상하는 데 시간을 보냈다. 마리사는 자기도 모르게 입이 떡 벌어졌다. 한참 그러고 있는데 등 뒤에서 친숙한 목소리가 들려왔다.

"아주 좋아."

푸엔산타였다. 푸엔산타는 여전히 풍만하고 죽여주게 예뻤다. 공들여 화장한 얼굴은 그녀를 관능적이고 야성적으로 보이게 했다. 푸엔산타도 시선을 끄는 옷을 입고 있었지만 그곳에 있는 다른 여자아이들과는 달랐다. 그녀는 아예 날 때부터 그 옷을 입고 있었던 것처럼 자연스러워 보였다. 푸엔산타는 시도 때도 없이 옷깃을 세우거나 치마를 내리는 부류가 아니었다. 그녀에게는 여신 같은 뭔가가 있었다.

두 눈, 눈빛, 다른 사람의 심장과 마음을 파고드는 그 방식도 여전했다.

마리사는 자신에게서 푸엔산타를 느꼈다.

"정말 근사해요."

마리사는 집을 가리키며 말했다.

"난 네 옷과 네가 근사한데?"

푸엔산타는 묘한 느낌이 가득한 미소를 지었다.

"언니도 멋진걸요."

마리사가 말했다.

"난 신데렐라가 되는 거 포기한 지 오래됐어."

푸엔산타가 씁쓸한 말투로 말했다.

마리사는 푸엔산타의 말이 이해가 되지 않았고 계속 대화를 이어나갈 수도 없었다. 루이스 엔리케가 마리사의 옆에 다시 나타나 푸엔산타에게 인사를 한 후 마리사를 잽싸게 데리고 갔기 때문이다. 마리사가 고개를 돌리자 푸엔산타가 받치고 있던 잔을 들고 마리사를 위해 축배를 들었다.

"여기 죽이지?"

루이스 엔리케가 물었다.

"네."

"이리 와 봐. 전망이 얼마나 좋은지 몰라."

루이스 엔리케는 티비다보 언덕 기슭 위에 있는, 바르셀로나를 향한 전망대로 마리사를 데리고 갔다.

마리사는 눈으로 아말리아를 찾는 일을 그만뒀다.

아말리아는 아직 도착하지 않았다.

마리사는 푸엔산타가 누구와 파티에 온 건지 궁금했다.

이런 생각을 하자마자 루이스 엔리케가 마리사를 돌로 된 난간으로 고개를 내밀어 밤의 첫 암흑 아래 펼쳐진 마법에 젖어 들게 했다.

저 멀리 폭죽 몇 개가 환상적인 빛을 내뿜고 있었다.

32

마리사는 아말리아에게 다섯 번째 전화를 하고 있었다.

다섯 번이나 전화상의 친절한 목소리가 지금 연결이 안 되니 메시지를 남기라고 말하고 있었다.

마리사는 아무 말도 하지 않고 생각에 잠긴 얼굴로 수화기를 내려놓았다. 처음 두 번은 '너 어디야?'와 '길을 잃어버린 거야?'라는 메시지를 남겼다. 그걸로도 의아해하는 마리사의 마음을 표현하기에는 충분했다. 시계 바늘은 어느새 자정을 지나 거의 새벽 한 시를 가리키고 있었다.

파티는 첫 절정에 이르렀다.

모두 완벽한 것 이상의 분위기를 만들려고 단합한 것 같았다. 아름다운 밤에 열린 아름다운 파티였다.

정원과 수영장에서 들리는 음악 위로 루이스 엔리케의 목소리가 마리사의 옆에 떠내려오듯 나타났다.

"또 안 받아?"

"너무 이상해요."

"왜 그런지 모르겠네."

"여기서 만나기로 했는데……."

"나중에 오겠지. 아니면 다른 파티에 간 걸지도 모르고."

"그랬으면 나한테 말했겠죠."

"그렇담 둘이 어디서 애정 행각이라도 벌이고 있나 보지."

애정 행각?

마리사는 루이스 엔리케가 무슨 말을 하는지 알았기에 다시 화가 치밀어 올랐다.

여름으로 가는 다리 같은 그 베르베나는 넷을 위한 것이었다.

아말리아는 오늘 밤 마리사의 기대에 부응하지 못했다.

"마음이 편치 않네요."

마리사가 속마음을 털어놓았다.

"그럼 집으로 전화해 봐."

"아말리아의 아버지와 통화해서 괜한 걱정을 하시게 하고 싶진 않아요. 오빠 말대로 막판에 마음을 바꿨을지도 모르고요."

"이리 와. 우리 춤추자."

루이스 엔리케가 마리사를 잡아당겼다.

"아말리아는 잘 보내고 있을 거야. 그러니까 너도 그래야지."

마리사는 의욕 없이 루이스 엔리케를 따라갔다. 탁 트인 유리창으로 정원과 수영장에 연결된 거실에서 여러 커플이 딱 붙어 춤을 추고 있었다. 고조된 목소리에 과장된 분위기가 가득한, 로맨틱한 이중주 음악은 압도적이었다. 불빛 아래 수영장의 푸른 물은 조용한 거울을 만들어 내고 있었다.

고독해 보이는 한 여자아이가 다이빙대에 앉아 있었다. 몇몇은 전망대에서 이야기를 나누고 있었다. 하지만 가장 눈에 띄는 것은 음악에 맞춰 흐느적대며 한 무리를 형성하고 있는 커플들이었다. 찰싹 붙은 두 몸이 하나의 공간에서 흐르듯 움직이고 있었다.

마리사는 아말리아의 말이 떠올랐다.

'미국 애들의 졸업 파티나 마찬가지잖아! 리무진, 영화 같은 옷, 춤, 방탕한 행동들……. 그리고 숙녀의 처녀딱지를 떼기 위한 호텔 방까지!'

가장 많은 커플이 탄생하는, 가장 많은 성적 시도가 이루어지는, 가장 많은 여자아이들이 처녀딱지를 떼는 베르베나의 밤에는 모든 것이 가능했다.

마리사의 머릿속에 다시 아말리아가 나타났다. '발타사르는 거기에 간다고 완전 흥분 상태야. 그날이 우리의 공식적인 결혼 첫날밤이 될 거라나 뭐라나.'

이것일까? 그래서 파티에 안 온 것일까?

마리사는 머리를 좌우로 흔들었다.

발가벗은 채 발타사르의 품 안에서 사랑을 나누는 아말리아를 상상한 것이 도대체 몇 번이던가. 또 그런 생각을 하며 가슴과 배가 찔린 듯한 아픔을 느낀 것이 몇 번이던가.

왜일까? 마리사는 아말리아가 행복하길 바랐다.

그렇다면 아말리아가 어떻게 한들 무슨 상관인가?

'신 나게 보내겠다고 나랑 약속해! 한 번씩 미친 듯이 노는 것도……. 베르베나 때 그냥 모든 게 자연스럽게 흘러가도록 내버려 두라고. 알겠지? 억지로 만들려고도, 막으려고도 하지 말란 얘기야. 그렇게 할 거지? 약속해 줘.'

마리사는 그러겠노라 약속했었다.

그리고 이제는 절망감, 분노, 짜증만 남았다.

루이스 엔리케가 갑자기 멈췄다. 마리사는 자신이 어디에 있는지도 몰랐다.

옆에서 잎이 머리 위로 떨어지는 나무를 본 것 같았다. 이제 음악은 집에서 백만 킬로미터 떨어져 있는 것처럼 멀게 들렸다.

둘은 키스를 했다.

마리사는 두 눈을 감았다.

모든 감각이 깨어난 듯 내면에서 요동이 쳤다.

한쪽에서는 심장이 고동쳤다. 다른 쪽에서는 마리사의 두 손이 루이스 엔리케를 받아들일지 거부할지 모른 채 뻣뻣해졌다. 그렇게 주저하다니 말도 안됐다. 허벅지까지 항복하게 됨에 따라 둘의 접촉은 더욱 농밀해졌다. 루이스 엔리케는 키스를 잘했다. 어쩌면 마리사에게는 그렇게 보였는지도 모른다. 풍미, 향기, 빛과 그림자 그리고 지속감이 높은 키스였다. 노래에는 '흘러가게 내버려 둬' 라는 가사가 있었다.

바로 아말리아가 마리사에게 부탁한 것이었다.

마리사의 아말리아가.

마리사는 오른손을 루이스 엔리케의 목덜미에 가져가 그의 머리 사이로 목을 움켜쥐고 자기 쪽으로 끌어당겼다. 그것은 마치 임박한 가속을 위해 터진, 출발 신호를 알리는 총소리 같았다.

둘은 더 강렬하고 열정적인 키스를 했다.

마리사는 실눈을 뜨고 자신이 무엇을 하고 있는지, 또 어디에 있는지 살펴봤다. 정원, 나무, 별이 가득한 밤, 음악, 루이스 엔리케와 그녀. 완벽한 조합이었다.

어쩌면 진실의 순간일지도 몰랐다.

마리사는 루이스 엔리케에게 '안 돼요.'라고 말하고 싶었지만 대항할 가능성도 없이 굴복했다.

예고된 패배나 다름없었다.

'신 나게 보내겠다고 나랑 약속해! 베르베나 때 그냥 모든 게 자연스럽게 흘러가도록 내버려 두라고.'

신 나게 보내기. 자연스럽게 흐르도록 내버려 두기.

이제 거울은 루이스 엔리케였다. 마리사는 그의 눈을 통해 자신을 볼 수 있었다. 마리사는 루이스 엔리케가 좋았다. 아니면 그를 좋아하는 것이 필요했는지도 모른다. 여전히 의문들이 마리사를 들볶고 있긴 했지만.

'아말리아……'

마리사의 마음이 속삭였다.

그러면서 계속 자신의 자유의 날개를 루이스 엔리케에게 달아 주었다.

33

마리사와 루이스 엔리케가 매우 밀착한 채 춤을 춘 지 삼십 분이 지났다. 얼마나 가까이 붙어 있었는지 둘 사이에 핀 하나 들어갈 자리가 없었다. 마리사와 루이스 엔리케는 춤을 추고, 키스를 하고, 서로 쓰다듬고, 둘이 천천히 쭉 미끄러져 내리던 그 비탈길에 휩쓸린 채 다시 흐름에 몸을 맡겼다. 어느 부분에선가 영원을 향한 종소리가 두 번 들렸고, 또 뜻밖의 어느 순간에 다시 더 큰 종소리가 한 번 더 울렸다.

아말리아는 코빼기도 보이지 않았다.

마리사는 여전히 아말리아의 생각을 떨칠 수가 없었다.

그러나 동시에 머릿속에서 아말리아의 모습을 내치며 그녀를 부정하려 했다.

마리사는 속고, 배신당하고, 상처받은 기분이었다. 그날은 마리사의 밤이 아닌 넷의 밤이었다. 특히 마리사와 아말리아, 둘의 밤이어야 했다. 마리사는 아말리아가 필요했다. 아말리아는 마리사를 왜 혼자 뒀을까? 속고, 배신당하고, 상처받은 기분은 점점 심해졌다. 여러 복합적인 기분 때문에 마리사는 잠시 정신을 내려놓고 의지나 이성이 없는 몸이 되고 싶을 뿐이었다.

루이스 엔리케는 마리사를 사랑하고 원했다. 그래, 알겠다. 만일 이것이 운명의 뜻이라면 마리사는 이제 상관없었다. 아무래도 전혀 상관

없었다.

아말리아는 발타사르를, 마리사는 의문들을 가지고 있었다.

그날 밤은 의문들을 해결하기 위한 밤이었다.

마리사는 등줄기를 타고 흐르는 한기를 느끼자 눈을 떴다. 그러자 십 미터 내지 십이 미터 거리에서 자신을 바라보고 있는 푸엔산타가 보였다.

그 눈빛.

푸엔산타의 눈빛은 마리사를 이쪽저쪽 훑고 지나 그녀를 더욱 더 춥게 만들었다. 그러나 그 눈빛은 순식간에 냉기를 불타오르는 뜨거움으로 바꿔 놓았다. 마리사는 뺨, 몸 그리고 입술이 달아오르는 것 같았다.

눈빛만이 아니었다.

푸엔산타의 미소도 여전했다.

푸엔산타는 누구와 있었던 걸까? 마리사는 푸엔산타가 누구와 있는 것을 보지 못했다. 마치…….

"무슨 일이야?"

루이스 엔리케가 마리사의 귀에 대고 속삭였다.

"아무것도 아니에요. 왜요?"

"너 떨고 있잖아."

"제가요?"

"안에 들어갈래?"

그것은 도주였다. 푸엔산타의 눈과 미소로부터의 도주.

"네."

루이스 엔리케의 부드러운 입맞춤으로 둘만의 무도회는 막을 내렸다. 마리사와 루이스 엔리케는 정원과 거실을 연결하는 유리창이 있는 중앙 부분이 아닌, 좀 더 은밀한 문이 있는 가까운 옆길을 통해 집 쪽으로 걷기 시작했다. 둘은 점점 파티장에서 멀어져 안으로 들어왔다. 그러자 평화의 기운이 가득한 정적이 맴돌아 마치 천국의 거실에 있는 기분이 들었다.

그곳은 양쪽에 문이 있는 복도였다.

마리사는 루이스 엔리케를 바라봤다.

그에게서 아말리아가 보였다.

그 충격은 어마어마했다. 마리사만이 그것을 느꼈다. 그걸로도 충분했다. 마리사는 여러 조각으로 갈기갈기 찢기는 기분이 들었다. 가장 멀리 있는 조각이 그녀의 두려움을 가져가 버렸다. 마리사가 잡은 조각은 단 하나, 바로 최종 결단이었다.

마지막 의문, 마지막 질문이었다.

마리사는 거울을 깨뜨렸다.

"나한테 섹스하자고 할 거예요?"

그 말을 꺼낸 것은 마리사였다. 어느 모르는 여자가 아닌 마리사가 그 말을 한 것이다. 그녀였다. 마리사 파르도 푸스테르.

루이스 엔리케는 얼어 있었다.

"사랑해."

그가 더듬거리며 말했다.

"그걸 물어본 게 아니잖아요."

마리사는 루이스 엔리케의 뺨을 어루만졌다.

"오빠가 날 원하는 거 다 알아요. 그래서 우리가 여기에 있는 거잖아요."

"마리사······."

"나 도망가기 직전이니까 빨리 결정해요."

마리사가 속삭였다.

"오늘 밤 그거 할 거예요?"

"난······ 그런 생각을 안 해 봤어."

"거짓말 마요."

"그건 제일 중요한 단계인데 네가 확신이 없다면······."

"난 믿음이 필요해요, 오빠."

"어떤 믿음?"

"오빠가 말해 줘요."

마리사는 다시 루이스 엔리케에게 키스를 했다. 그녀가 그에게 한 것이다. 마리사의 눈에는 애원 이상의 것이 담겨 있었다.

"오늘 너 다른 사람 같아."

루이스 엔리케가 말했다.

"같은 사람인걸요."

"모르는 사람 같아."

마리사는 눈을 내리깔았다. 떠나려던 참이었다. 그때 루이스 엔리케가 손을 뻗어 가장 가까이에 있던 문을 열었다. 거기는 어린 여자아이의 방이 있었다. 천국에 온 것처럼 꾸며진 방이었다. 침대는 충분히 컸다.

더욱이 자신을 어린아이처럼 느끼던 둘에게는 바다처럼 큰 침대였다.

루이스 엔리케가 첫걸음을 뗐다. 마리사는 그를 따랐다.

문을 닫자 고독감이 더욱 커졌다.

친근한 고독, 조화 속 적막, 그들의 손, 눈, 몸에 붙잡힌, 최고의 순간에 느끼는 사랑의 카타르시스.

첫 키스는 자유였다.

두 번째 키스는 둘만의 무언의 약속이었다.

세 번째 키스는 출발 신호를 알리는 총소리였다.

루이스 엔리케의 손이 마리사의 옷 지퍼를 더듬다 찾았다. 키스에서 키스, 애무에서 애무, 그러다 속삭이는 소리에 마리사는 중대한 결심을 하고 말았다. 옷이 바닥에 떨어지자 마리사는 눈을 감았다.

"맙소사……."

마리사는 루이스 엔리케가 감탄하는 소리를 들었다.

"넌 정말 예뻐."

그러자 마리사가 떨며 루이스 엔리케를 안았다. 마리사는 이제 더 이상 돌아갈 수 없음을 깨달았다.

34

마리사는 갑자기 깼다.

그리고 모든 것이 악몽의 냄새를 풍기는 달콤한 꿈이었던 것처럼 몸을 부르르 떨었다.

마리사는 가장 가까운 벽의 창문 사이로 흘러들어 오는 어슴푸레한 일출로 적셔진 천장을 바라보며 지난 밤 자신과 루이스 엔리케가 아이들 세계의 룰을 어겼다는 사실을 인정했다.

그러자 다시 두려움이 밀려왔다.

두려움은 어떤 골목에서 더욱 잔인하고 음탕한 미소를 지으며 마리사를 덮치고 상처를 입히며 다시 나타났다. 진실에 대한 두려움, 얼굴을 마주한 마지막 대립에 대한 두려움이었다. 모든 것이 말하자마자 이루어진 셈이었지만 그럼에도 불구하고⋯⋯.

마리사는 고개를 돌렸다. 루이스 엔리케가 최고의 밤의 달콤함에 빠진 채 마리사 옆에서 알몸으로 자고 있었다. 마리사의 눈에 비친 루이스 엔리케는 순수하고 아름다운 인형 같았다. 형용할 수 없는 아름다운 모습이었다.

그것은 그에게 더 이상 속하지 않게 된 뭔가였다.

마리사는 손을 움직여 루이스 엔리케를 만지고 둘이 함께 즐거움을 맛보았던 순간을 떠올리고 싶었다. 루이스 엔리케가 자신의 무한한 쾌락을 향해 전진할 동안 마리사가 마침내 모든 해답을 비추어 보아 스스로를 버리던 그 순간 말이다.

하지만 손은 움직이지 않았다.

마리사도 침대에 알몸으로 있었다. 아말리아는 발타사르와 섹스를 한 후 상상하지도 못했던 최고의 기분을 느꼈다고 했다. 사랑과 친밀함의 반작용이었겠지. 그러나 발가벗은 마리사의 몸은 절규와도 같았다. 그 방에도 거울이 하나 있었다. 마리사는 거울에 비친 자신의 모습을 보자 루이스 엔리케과의 결합을 부정하고 싶었다.

그 거울에서는 아니었다.

더군다나 그곳에서는.

마리사는 침대에서 부스럭대지 않게 숨을 죽이고 천천히 몸을 일으켰다. 먼저 팬티를 집어 들고는 뒤집어 입었다. 그런 뒤 브래지어와 옷을 입었다. 신발은 신지 않았다.

대신 신발을 손에 들고 문으로 걸어가 연 뒤 빛이 안으로 들어오기 무섭게 밖으로 살그머니 나갔다. 마리사는 문을 닫으며 잠시 망설였다. 가장 가까운 화장실이 어디에 있는지 몰랐지만 그렇다고 복도를 따라 허둥지둥 문을 열고 다니기는 싫었다.

마리사는 정원으로 나갈까 생각했지만 화장실을 찾는 일이 더 급했기 때문에 마음을 돌렸다. 마리사는 복도를 따라 걷다가 한 줄기 희망을 발견했다. 출발한 자리에서 불과 몇 미터 떨어진 곳에 유일하게 잘못 닫혀 있던 문 하나가 바로 화장실 문이었던 것이다. 문틈으로 세면대와 격자창이 보였다. 마리사는 무작정 들어가 문을 닫고 빗장을 걸었다.

그제야 세상 그리고 늘 자신을 잡아먹으려고 안달인 자들로부터 벗어난 마리사는 있는 힘껏 숨을 내쉬었다.

그러나 그녀의 상념에서는 벗어나지 못했다.

화장실에도 거울이 하나 있었다.

마리사는 두 눈을 감고 손으로 더듬거려 수도꼭지를 튼 후 꿈의 작은 파편까지 씻어 내기 위해 있는 힘껏 얼굴을 문질러 씻었다.

마리사를 쏘는 빛줄기가 날카로운 창이 된 것처럼, 몇 시간 전의 장면과 기분이 마리사 내면의 공간을 죄다 훑고 지나갔다. 아말리아는 이런 말을 해 주지 않았다. 비록 잘못된 사람과의 일이었지만 마리사에게는 아말리아가 느꼈던 것보다 훨씬 더 그 여운이 강했다.

루이스 엔리케가 보인 애정, 그의 어루만짐, 키스, 부드러움, 질문, 멈춤, 눈빛, 기다림 그리고 가속.

마리사는 모든 것이 빨리, 아주 빨리 지나가길 바랐지만 곧 그만두었다.

그리고 소리를 지르고 싶었다.

자신의 두려움, 분노 그리고 실수에 대해서.

마리사는 거울을 대면하기 위해 눈을 뜨고 루이스 엔리케에게 언제 그것을 말할지 고민했다.

가엾은 루이스 엔리케.

손으로 하늘을 만지고 난 후 알게 된 진실이었다.

마리사는 수건을 집어 얼굴을 닦고 나서 아주 약간 옷매무새를 다듬은 후 화장실에서 나왔다. 아직 일어나서 돌아다니는 사람은 보이지 않았다. 마리사는 집이 비어 있게 될까 두려웠다. 그리고 냉장고에서 찾고 있던 것을 꺼냈다. 오렌지 주스였다. 마리사는 주스를 잔에 따라 한 번에 벌컥 삼키듯 마셨다. 마음가짐을 새로이 하자 마리사는 방으로 돌아가 루이스 엔리케를 깨워 말을 할지, 아니면 그냥 자게 내버려 두고 차분하게 일을 볼지 망설였다.

마리사는 아직 확신이 서지 않았다.

해가 뜨고 날이 밝으면서 구름 한 점 없는 하늘이 모습을 드러냈다. 하늘에는 폭죽과 불꽃놀이로 가득했던 밤이 지나 다시 조용해진 세상의 평온함이 묻어났다. 거실에 다다르자 요란했던 파티의 흔적들이 보이기 시작했다. 대화를 나누거나 소파와 의자에서 자는 커플들이었다. 그러나 대부분의 파티 생존자는 정원에서 급조된 아침 소풍을 즐기고 있었다. 멱을 감거나 수영장에서 물놀이를 하는 사람들도 있었다.

마리사는 사람들로부터 멀어졌다.

처음 보는 나무들로 뒤덮인 왼쪽으로 가자 몸통이 두꺼운 나무 두 그루에 걸린 해먹 하나가 보였다. 마리사는 눕기보다는 앉아 있었다. 주위가 조용하자 다시 가슴이 눌리고, 속이 텅 비고, 머리 한가운데 솜뭉치가 껴 있는 기분이 들었다.

어떻게 하면 루이스 엔리케가 내지르던 소리를 잊을 수 있을까?

어떻게 하면 그의 눈, 손 그리고 목소리를 느끼지 않을 수 있을까?

"진정해."

마리사가 속삭였다.

"넌 아무 잘못 없어."

'그저 알고 싶었던 것뿐이었잖아.' 라고 마리사는 스스로에게 되뇌었다.

마리사는 자신에게 안정을 주던 중요한 조각이 머릿속에 다시 나타나자 울음을 터뜨렸다.

바로 아말리아였다.

마리사는 아주 깊숙한 곳으로부터 모든 골칫거리를 꺼내 밖으로 내쫓기라도 하듯 목 놓아 슬프게 울었다. 모든 것을 비울 때까지 울고 또 울었다. 그러나 이제 다 비웠다고 생각했을 때 다시 금방이라도 부서질 것 같은 자신을 발견했다.

그렇게 많은 눈물이 자신에게 있었는지 그때 처음으로 알았다.

마침내 눈물이 다 마르자 마리사는 숨이 겨우 붙어 있는 상처받은 영혼처럼 움츠러들었다. 그때 누군가의 손이 이제 다 끝나기는커녕 모든 진실의 순간이 다가오고 있음을 깨닫게 해 주었다.

마리사가 고개를 돌리자 그 자리에 푸엔산타가 있었다.

35

마리사는 그 누구와 만나기도, 말하는 것도 싫었지만 푸엔산타가 괜히 그곳에 있는 게 아니라는 것을 알았다. 그녀의 출현은 우연이 아니었다. 푸엔산타는 마리사에게 현실의 일부였다.

마리사의 새로운 현실 말이다.

푸엔산타는 동정심과 부드러움이 담긴 손길로 마리사의 머리를 쓰다듬었다.

"괜찮아?"

푸엔산타가 물었다.

영화에서는 이런 질문이 아주 값진 것이다. 어느 한 사람이 의욕 상실일 때 꼭 그 사람에게 괜찮은지 물어보는 사람이 나타난다. 대답은 보통 '아니요.' 다. 절규하는 '아니요.' 인 것이다.

마리사는 대답을 하지 않았다.

"미안해."

푸엔산타가 말했다.

"뭐가 미안하다는 거예요?"

"전부 다."

푸엔산타는 마리사의 곁에 앉아 한 손을 잡았다.

"진작 너한테 말했어야 했는데."

"뭘요?"

"너 아직도 몰라?"

"도대체 무슨 말을 하는 건지……."

마리사의 어깨가 지친 듯 점점 더 아래로 처졌다.

"너에 대해서 말이야. 네가 누구인지."

"언니, 저 말장난할 기분 아니거든요?"

"너 걔랑 잤지?"

"언니가 상관할 바 아니에요."

마리사는 자기 방어를 했다.

"걔랑 잤는데 그게 실수였다는 걸 깨달은 거잖아."

"루이스 엔리케를 사랑하지 않을 뿐이에요. 그게 다예요."

"그 이상일 텐데? 너도 알잖아."

"나 좀 내버려 둬요!"

마리사가 일어나려고 하자 푸엔산타가 그녀를 막았다. 푸엔산타는 손으로 마리사를 잡고 자신의 옆에 있게 했다. 나머지는 푸엔산타의 강직함과, 그녀의 강렬할 뿐만 아니라 이제 인자하기까지 한 눈빛으로도 충분했다.

"언니, 제발요……."

"말해 봐."

"뭘 말하라는 거예요?"

"너 레즈비언이잖아."

그 단어가 그곳에, 마리사와 푸엔산타 사이에, 조용히 그러나 지난밤 내내 터진 폭죽처럼 강렬하게 울려 퍼졌다.

“뭐라고요?”

“너 레즈비언이라고.”

푸엔산타가 다시 말했다.

“넌 그 사실에 대해, 또 네 몸과 네 마음의 진실에 대해 저항해 왔지만 그러지 못했어. 왜냐하면 사랑, 감정, 인간의 본질에 대한 현실은 강요하는 것이 아니라 그저 나타나는 거거든.”

“언니 미쳤어요?”

마리사는 기운이 빠진 채 탄식했다.

“나도 네 쪽이야.”

푸엔산타는 마리사에게 울적하면서도 자랑스러운 미소를 지어 보였다.

“사회는 우리를 낙인찍고 규칙이라는 잣대를 들이대지. 이건 좋고 이건 나쁘다고 하면서 말이야. 하지만 각자 저마다의 정체가 있는 거야. 우리가 더 빨리 발견하면 할수록 그것에 대처하고 결과에 따라 행동하기가 훨씬 수월해져. 우리에겐 자유가 있잖아. 그러니 이제 자신의 모습 그대로 될 수 있어. 근데 아무래도 아직 우리가 소외당하다 보니 힘들긴 해. 그래서 대부분의 경우 진실을 알게 되는 순간인 사춘기에는 마치 발을 디딜 데가 없고 머리에는 검은 구멍이 집어삼키는 느낌을 받게 되지.”

“하지만 전…….”

“마리사.”

푸엔산타는 그때까지도 자신의 손안에 쥐고 있던 마리사의 손을 더 꽉 잡았다.

"난 처음부터 알고 있었어. 널 보자마자 알았지. 다른 사람들 눈에는 넌 그저 평범한 아이지만, 난 아니야. 나한테는 널 알아볼 수 있는 감이 있어. 너에게서 나오고 나타나는 모든 것 말이야. 이건 보이지 않는 낙인 같은 거야. 물론 나 같은 사람한테는 예외이지만."

"그럼 언니도……."

"나도 레즈비언이야."

푸엔산타가 인정했다.

"난 아주 어릴 적에 알았는데 거기에 대해 맞서지 않았어. 그냥 받아들인 거지. 너도 받아들이게 될 거야. 네 몸과 마음에 거짓말을 할 순 없잖아."

"하지만 전……. 그러니까 전 제가 그렇다고……."

"인생은 한 번뿐이야."

푸엔산타가 힘주어 말했다.

"네가 아닌 모습으로 살면서 한 번뿐인 인생을 버리진 마. 그러면 너도 행복하지 않을 거고. 행복한 게 가장 중요한 것이자 우리가 존재하는 진정한 이유잖아. 네가 행복하지 않고 괴로우면 네 주변에 있는 사람들도 마찬가지야. 진실이 우리를 자유롭게 해 준다는 말이 있잖아. 그저 말뿐인 거 같아도 지금 이 시점엔 의미가 있는 말이지. 네 모습이 네 현실이야. 거기에 맞서려고 하지 마. 좋고 나쁜 것에 대해 말하는 게 아니라, 삶에 대해 얘기하는 거야. 모두 저마다의 삶이 있잖아. 여전히 차별이 있고, 우리를 '이반'이나 '여자 게이'라고 부르면서 거리를 두려고 하기도 하지. 하지만 인간은 있는 그대로의 모습을 존중하기 위한 중요한 걸음을 내디뎠잖아? 성(性)이야말로 그 전부라고 할 수 있어."

마리사는 잠자코 푸엔산타의 말을 들었다. 둘 사이에 침묵이 감돌
자 푸엔산타가 먼저 입을 뗐다.

"넌 아직도 의문투성이구나."

"내가 왜 루이스 엔리케와 잤을까요?"

"루이스 엔리케는 널 사랑하고, 너는 진실을 발견할 기회를 가졌던
것뿐이야."

"그렇지만 오빠에게 상처를 준 거 같아요."

"상처는 치료될 거야. 사랑은 우리를 아프게 하고 흔적을 남기지만
시간이 지나면 다 낫게 되지. 사랑의 상처가 없는 사람이 어디 있니?
그러니 마음 편하게 가져. 넌 네가 해야 할 일을 했을 뿐인데 그것 때
문에 스스로를 비난할 필요는 없어. 그냥 즐겨."

푸엔산타가 미소를 지었다.

"하지만 루이스 엔리케가 헛된 기대를 하지 않도록 가능할 때 꼭
말해."

마리사의 두 눈이 다시 눈물로 그렁그렁해졌다. 다시 속이 울렁거
렸다. 푸엔산타는 마리사가 울도록 그녀를 안아 주었고, 마리사는 푸
엔산타의 품에 기대 울었다. 그러나 이번에는 급류처럼 흐르는 눈물이
아닌 혼란과 곤혹감이 담긴 힘없는 울음이었다.

푸엔산타는 마리사를 꼭 껴안고 머리에 입맞춤을 했다.

"나 너 좋아해. 그거 아니?"

푸엔산타가 고백했다.

"하지만 안심해. 난 네 타입이 아니잖아. 넌 공주야. 진짜 공주."

"난…… 내가 누구인지…… 모르겠어요."

마리사가 흐느꼈다.

"아직 시간이 많은걸. 그렇지만 더 이상 너 자신을 속이진 마."

"왜…… 나한테…… 아무 말도 안 했어요?"

"말하려고 했는데 네가 루이스 엔리케와 사귀는 거 같아 용기가 안 났어. 직접 경험해 보지 않은 아이에게 불이 뜨겁고, 얼음은 녹는다는 걸 말해 봤자 무슨 소용이겠어. 원래 인간은 자신이 직접 경험을 해야 배우는 법이잖아."

"내가 기절했던 날……."

"너 완전히 무방비 상태였지."

"날…… 만졌어요?"

"뽀뽀 한 번 했어. 그것뿐이야. 미안해."

"누가 날 만지는 느낌이 들었거든요."

"네 정신이 육체보다 빨랐나 보다."

마리사는 푸엔산타에게서 몸을 뗐다. 일주일을 꼬박 밤을 새우고 지금 막 마라톤을 끝낸 것처럼 피곤했다. 날이 점점 빠른 속도로 밝아 오고 있었다. 마리사에게는 새로운 일출이었다.

"이제 어떻게 하죠?"

"얼떨떨하겠지만 이제 혼자 있어야지. 지금 꼭 시속 이백 킬로미터로 운전하다 급제동하려는 기분일 거야. 숨을 크게 마시고 내쉰 다음 시간을 가져. 인생이 흐르게 내버려 둬. 하지만 숨지는 마. 내가 네 친구가 돼 줄게. 알겠지? 얘기를 하고 싶거나, 알고 싶은 게 있거나, 뭐가 됐건 내가 필요하면 네 옆에 있어 줄게. 다른 친구들도 그럴 거고.

난 항상 여기에 있을 거야."

푸엔산타는 친구의 손길을 건네는 것이 아니라, 마치 공표하듯 한없이 슬픈 표정으로 마리사에게 말했다.

"네게 진심으로 대하겠다고 약속할게. 어떤 약속 같은 건 필요 없어. 난 내가 있어야 할 자리를 잘 알거든. 그러니 맘 푹 놔. 네가 이제 해야 할 일은 너희 집으로 가서 내가 한 말을 곰곰이 생각하는 것뿐이야. 그럼 쉬어."

"루이스 엔리케는요?"

"어제 하루 일로 상처받지는 않을 거야. 그 시간은 행복했다고 여기게 내버려 둬. 네가 지금 그러길 원한다면 가서 말해. 그냥 실수한 거라고, 사랑하지 않는다고 말이야. 어쩌면 그게 제일 나을지도 모르겠다."

마리사는 두 눈을 감았다.

모든 것이 꿈이길 바랐다.

마지막 거짓말.

첫 번째 진실.

마리사가 다시 눈을 뜨자 푸엔산타는 여전히 그곳에 있었다.

마리사는 그제야 모든 것을 깨달았다.

36

택시는 마리사를 집 문 앞까지 데려다 주었다. 거리는 고요했고, 건물은 조용했다. 마리사는 집으로 들어가 자신의 방에 가니 이제 살았구나 싶었다.

환영들은 반대쪽에 있었다.

불과 몇 초 동안이긴 했지만.

마리사는 시간을 재기 시작했다.

마리사는 가만히 있지 않았다. 그러고 싶지 않았다. 그래서 옷을 벗어 침대 위에 두고 다시 방에서 나왔다. 먼저 거실로 가서 수화기를 집어 들고 화장실로 가는 길에 프란시스카 이모네 전화번호를 눌렀다. 신호가 두 번 가고 나서 마리사는 어머니와 통화를 하고 안심시켰다.

'저 집에 왔어요.' '좋았어요. 정말 멋진 베르베나였어요.', '아니요. 술은 입에도 안 댔어요.', '전부 좋았어요. 엄마는요?', '잘됐네요.', '네, 엄마.', '아니요, 엄마', '네, 엄마.', '알겠어요, 엄마', '전 이제 쉬려고요.'…….

대화의 막바지에 마리사는 이미 옷을 홀딱 벗고 기운이 나게 해 줄 뜨거운 목욕을 할 참이었다. 물이 욕조 가득 채워지고 있었다. 마리사는 거울과 대면하는 것이 두려워 거울에 등지고 앉았다. 다른 사람, 과거의 여자아이는 보고 싶지 않았다. 그저 생각할 시간이 필요했다.

통화가 끝나자 마리사는 수화기를 목욕용 의자 위 손이 닿는 곳에 두고 욕조에 들어갔다. 물줄기가 계속 떨어지고 있었기에 마리사는 몸이 완전히 적셔질 때까지 물을 끄지 않았다.

벌써 욕실에는 수증기가 가득했다. 거울에 비친 것은 아무것도 없었다. 인생은 때때로 수증기가 가득해 그것을 통해서만 모든 것을 봐야 할 때가 있다.

마리사는 자신의 상념에 맞섰다.

마리사는 섹스를 했다.

이제 처녀가 아니다.

정말 그랬다. 아무것도 아닌 일일지도, 아니면 정반대일지도 모른다.

사랑은 언제나 아름답고 빛이 난다. 마리사의 경우 사랑은 폭약이 되었다. 어찌 됐든 마리사는 잊을 수 없는 과거의 틀을 만든 셈이었다. 아말리아는 마리사에게 긍정적이 되라고 충고하곤 했다.

아말리아.

"나 레즈비언이야."

마리사는 큰 목소리로 허공에 대고 말했다.

푸엔산타는 언제부터 그 사실을 알고 있었을까? 정말 알고 있긴 했던 걸까? 푸엔산타의 말이 완전히 옳을까?

거울 앞에서 보낸 그 시간들…….

마리사는 자신의 내면에 있던 답을 밖에서 찾고 있었다.

마리사는 조각을 맞추듯 흔적을 좇아 자신의 삶을 되돌아봤다. 예전에는 아말리아와 마리사, 둘뿐이었다. 항상 둘이었고 그걸로도 충분했다. 그 후 갑자기 아말리아와 발타사르 그리고 마리사와 루이스 엔리케가 되었다. 사랑과 거짓.

그리고 조각들.

마리사는 퍼즐을 끼워 맞추려고 하면 할수록 속이 텅 빈 기분이 들었다.

그리고 다리를 접으며 물이 턱, 입술, 코, 눈, 이마에 차오를 때까지 욕조 아래로 미끄러져 내려갔다.

이제 완전히 물에 잠겼다.

새로운 그 적막 속에서 마리사는 잠시 숨을 멈추었다.

무중력 상태로 물에 뜨지는 않았지만 거의 비슷했다. 거리감이 훨씬 더 명확해졌다. 마리사는 욕조 안에 한 시간, 하루, 일주일이라도 머물러 있고 싶었다. 물론 그것은 도망이자 불가능한 탈출이었다.

뭔가가 적막을 깨뜨렸다.

멀리 외부에서 느껴지는 것이었다. 바로 윙윙대는 소리였다.

마리사는 숨을 쉬지 않은 채 여전히 잠자코 있었다.

윙윙대는 소리가 끊이질 않았다.

마리사는 질식할 것 같은 기분이 들자 욕조에서 머리를 뺐다. 그제야 윙윙대는 소리가 전화였다는 사실을 알았다. 마리사는 반사적으로 손을 뻗어 자동 응답으로 넘어가기 전에 수화기를 집어 들고는 곧바로 자신의 행동에 후회를 했다. 마리사는 루이스 엔리케일 거라 생각했다.

그러나 수화기를 가득 메운 목소리는 바로 아말리아였다.

"마리사?"

"응."

마리사가 대답했다.

"이제라도 연락이 돼서 다행이다. 난……."

"대체 어떻게 된 거야?"

마리사는 바보 같은 질문이라고 생각했다.

"나 좀 전에 집에 왔어."

"난 병원이야."

"뭐라고?"

몸을 타고 흐르는 물이 따뜻했음에도 불구하고 마리사는 한기를 느꼈다.

"나 밤새 여기에 있었어. 지금은……. 휴, 더 이상 못하겠더라."

아말리아가 한숨을 내쉬었다.

"너 괜찮아?"

"아빠 때문에 온 거야."

아말리아가 말했다.

"사고를 당하셨거든. 지금 응급실에 계셔. 이제 안정되신 거 같은데 잘 모르겠어."

"어떡해."

마리사는 울지 않으려고 입술을 깨물었다.

"나 너무 외로워."

"어느 병원에 있어? 내가 바로 갈게."

"아니야. 괜찮아."

"어느 병원에 있냐니까."

마리사는 말대꾸를 하지 못할 어조로 말했다.

"엘 클리니코 병원."

"알았어. 좀 이따 봐."

마리사가 전화를 끊으며 말했다.

37

아말리아는 방문객 면회실에서 의자 등판에 등을 기대고, 머리는 벽에 붙이고, 두 눈은 감은 채, 밤을 새우고 난 후의 수척해진 얼굴로 마리사를 기다리고 있었다. 감각들이 산산이 부서지고 죽음이 생명을 약탈해 평화를 훔치는 병원에서 밤을 보내는 것은 베르베나에서 하룻밤을 즐기면서 보내는 것과는 달랐다.

마리사는 아말리아의 앞에 무릎을 꿇었다.

"아말리아."

마리사는 아말리아의 두 손을 잡았다.

아말리아는 잠들어 있지 않았다. 그저 잠시 쉬고 있었다. 아말리아는 눈을 뜨고 부드러운 표정을 지었다. 마리사는 아말리아를 안았고 그렇게 서로 꼭 껴안고 얼마가 지난 후에야 아말리아 옆에 앉았다.

"와 줘서 고마워."

아말리아가 말했다.

"무슨 그런 말을 해. 아버지는 좀 어떠셔?"

"아까 말한 대로 안정되셨어. 의사들 말로는 위험한 고비는 넘겼다는데 사십팔 시간이 지날 때까지는 안심할 수 없는 상황이야."

"어떻게 된 거야?"

"혹시 자살 시도한 거냐고 생각한다면 그건 아니야."

아말리아가 말했다.

"그냥 운이 나빴어. 어떤 미친놈이 갑자기 차를 멈추는 바람에 사고가 났지 뭐야. 마침 내가 나가려던 찰나에 집으로 전화가 왔더라고."

"엄마는?"

"새로 사귄 남자랑 베르베나에 갔을걸."

"그래서?"

"그게 끝이야."

"엄마한테 전화 안 했어?"

마리사가 의아하다는 표정으로 물었다.

"이제 엄마의 남편도 아닌데 뭘."

"그게 할 말이니?"

마리사는 아말리아의 말을 믿기 힘들었다.

"나도 엄마가 어디에 있는지 모르겠어."

아말리아가 대답했다.

"핸드폰 없으셔?"

"우리 엄마? 없어. 지금 완전히 격리된 상태로 신혼여행을 즐기고 있는걸."

아말리아는 눈치를 살피며 씁쓸한 말투로 말했다.

"이제 어떻게 해야 해?"

마리사가 머뭇거리며 물었다.

"좀 전에 나더러 집에 가서 쉬래. 여기서 내가 할 일은 없다고. 병원에서 내 전화번호를 알고 있으니까 무슨 일이 생기면 전화할 거야."

"그럼 갈까?"

"응."

아말리아는 무겁게 고개를 떨어뜨렸다.

"이게 어떤 건지 넌 모를 거야."

아말리아가 병원을 가리켜 말했다.

"요 몇 시간동안 태어나서 가장 많은 피, 고통, 눈물을 본 거 같아. 진짜 기운 빠진다니까. 더군다나 베르베나 기간에……. 폭죽 소리가 그렇게 절망적인지 처음 알았잖아."

마리사와 아말리아는 자리에서 일어났다. 마리사는 아말리아의 어깨 위로 팔을 걸쳤다. 아말리아는 작아진 것 같았다. 지친 기색도 역력했다. 둘은 걷기 시작했고 면회실에서 나와 계단과 길이 나 있는 문을 향해 복도를 지나갔다. 아무 말도 할 필요가 없었다. 마리사와 아말리아는 이상한 사람들이 사는 이상한 세상에 있는 두 이상한 여자, 그 이상도 그 이하도 아니었다. 한쪽에는 흰색이나 초록색 가운을 입은 인간들이, 다른 한쪽에는 정신이 없어 보이는 환자들과 그 가족들이 거기서 뭘 하고 있는지, 특히나 왜 자신들이어야 하는지 모르겠다는 얼굴로 있었다.

우리의 일상이 운이나 우연으로 정해지지 않던가.

둘은 택시를 탔고, 아말리아는 목적지를 말했다. 가는 길 내내 말은 안했지만 든든하고 안심이 되도록 서로 의지하는 것처럼 손을 깍지 끼고 있었다. 도시는 불꽃과 폭죽의 밤을 보내고 천천히 기지개를 켜며 아침 속에 자고 있었다. 차가 전혀 막히지 않아서 택시는 빨리 달렸다. 마리사와 아말리아는 요금을 내고 집으로 올라갔다. 마리사는 제일 먼저 다시 어머니에게 전화를 하기 위해 전화기로 갔다.

마리사는 사실대로 말했다.

"아말리아의 아버지가 어젯밤에 교통사고를 당하셔서 아말리아가 혼자 있게 됐어요. 그래서 오늘 밤에 아말리아의 집에서 같이 자려고요. 엄마께 알려 드리고 아말리아네 전화번호를 가르쳐 드리려고 전화한 거예요."

"어머나, 그런 일이 있었어?"

어머니가 놀라 물었다.

"그래서 괜찮으시고?"

"네. 위험한 고비는 넘기셨어요."

마리사가 부드러운 말투로 말했다.

"아무 일도 없으니까 염려 마세요."

마리사는 어머니와 몇 분 더 통화를 한 후 아말리아의 집 전화번호를 알려 주었고, 마리사의 어머니는 안심이 된 듯 전화를 끊었다. 마리사는 물이나 우유를 마시려고 주방으로 갔다. 입이 마르고 깔깔했다. 마리사가 아말리아를 찾았을 때 아말리아는 이미 옷을 다 벗고 눈을 감고 침대에 누워 있었다. 마리사는 아말리아가 자고 있는지 알 수 없었다.

하지만 아말리아에게 묻지는 않았다.

마리사도 옷을 벗고 아말리아의 곁에 누웠다.

38

마리사가 아말리아와 함께 자는 건 두 번째였다.

처음 아말리아와 같이 잔 그날 이후로 엄청난 시간이 지난 것 같았다. 두 번째는 첫 번째와 달랐다.

마리사는 아말리아를 바라봤다. 피곤에 절어 눈을 감고, 얼굴 앞에 기도를 하듯 두 손을 모은 채 고요하고 편안하게 자고 있었다. 마리사는 한 손을 아말리아의 손에 올려놨다. 날이 더운 데도 불구하고 아말리아의 손은 차가웠다.

하지만 마리사는 지금까지 그렇게 아름다운 모습을 본 적이 없었다.

마리사도 무척 피곤했지만 자고 싶지 않았다. 깨어 있는 채로 계속 아말리아를 보살피고 보호하고 싶었다.

아말리아를 바라보는 것이 마지막인 것처럼 그녀를 지켜보고 싶었다.

마리사는 마음이 무거웠다.

하지만 마음이 아프지는 않았다.

아말리아는 마리사에게 베르베나가 어땠는지, 루이스 엔리케와 보낸 밤은 어땠는지 묻지도 않았다. 아무것도 묻지 않았다.

고르게 숨을 쉬는 걸 보니 아말리아는 잠이 든 것 같았다.

마리사는 아말리아의 뺨을 어루만졌다.

마리사는 아말리아를 느끼며 그녀를 강하게 열망했다.

루이스 엔리케의 손과 키스가 남긴 마지막 흔적이 마리사의 몸에서 사라졌다.

언제 어떻게 잠들었는지 몰랐다.

그러나 마리사는 갓 태어난 아기처럼 평화롭게 잤다.

39

마리사가 다시 눈을 떴을 때는 오후 여섯 시였다. 아말리아는 마리사에게 안겨 있었고 모든 것이 그대로였다.

시간은 중요하지 않았다.

하지만 아말리아와의 포옹은······.

마리사는 똑바로 누워 있었기 때문에 마리사를 향해 옆으로 누워 자고 있는 아말리아를 보려면 고개를 돌려야 했다. 다시 세상에서 가장 아름다워 보이던 몇 시간 전의 모습과 생각들이 떠올랐다. 마리사는 슬퍼 보이지만 부드러운 미소를 짓고 한 손을 움직여 아말리아의 팔을 만지고 쓰다듬었다. 마리사는 그때가 자신의 인생, 혹은 인생의 첫 장에서 가장 아름답고 다시는 돌아오지 않을 순간일지도 모른다고 생각했다.

그 순간은 농밀하고 특별했다. 그렇기에 마리사는 마음이 급해졌다.

마리사도 아말리아와 마주한 채 옆으로 누워 잠들어 있는 아말리아의 얼굴에 자신의 얼굴을 가까이 댔다. 그러자 마리사가 기절한 그날 오후 푸엔산타가 훔치듯 자신에게 한 입맞춤이 이해가 됐다.

마지막 기회였다.

마리사는 아말리아의 입술에 부드럽게, 그러나 최대한 확실하게 키스를 했다.

마리사는 그 순간을 붙잡았다.

그리고 자신의 것으로 만들었다.

영원한 순간으로.

입술을 떼자 그 키스가 세상이 다시 움직이는 신호라도 된 것처럼 아말리아가 눈꺼풀을 떨며 눈을 떴다.

아말리아는 마리사의 미소와 마주했다.

"으음……!"

아말리아는 움직이지 않고 우물거렸다.

"안녕."

마리사가 말했다.

"지금 몇 시야?"

"여섯 시."

"헉!"

아말리아가 외마디 비명을 질렀다.

"오전? 오후?"

"오후 여섯 시."

"병원에서 전화 왔어?"

"아니. 진정해."

"발타사르는?"

"아니."

"뭐 그런 답답한 남자가 다 있냐."

"네가 전화하길 기다리고 있을 거야."

"그럼 기다리라지."

"엄마가 어디에 있는지도 알아봐야지."

"마리사……."

아말리아는 지쳐서 항복하겠다는 듯이 두 눈을 감았다.

아말리아의 팔은 여전히 마리사의 몸에, 손은 어깨에 기대 있었다. 마리사는 손을 아말리아의 손에 포개 놓았다. 아말리아가 움직이려고 하자 마리사는 아말리아의 손을 살며시 잡았다.

그러고는 이렇게 말했다.

"나 너한테 할 말 있어."

"알았어."

아말리아가 한숨을 쉬며 말했다.

"머리가 다시 돌아가야 하니까 좀 기다려 봐."

마리사는 여전히 같은 시선과 미소를 유지했다. 이제 두렵지 않았다. 마침내 환영들을, 거울 저편에 있는 여자를 물리친 것이다.

"뭔데 그래?"

아말리아가 얼굴을 찌푸리며 말했다.

"이런저런 일들이 있었거든."

"재미있는 일들?"

"머리를 복잡하게 만든 일들이지."

"너랑 루이스 엔리케 얘기야?"

아말리아가 눈썹을 치켜세웠다.

"너랑 나."

아말리아는 다시 눈썹을 내렸다.

"그게 뭔 말이야?"

"나 너 사랑해."

마리사가 말했다.

"나도 너 사랑해."

"그런 사랑이 아니라 다른 사랑 얘기를 하는 거야."

"다른 사랑이라니?"

"나 너 여자로 사랑해."

연하고 부드러운 깃털 베개와 같은 침묵이 감돌았다. 신랄함이나 격렬함, 놀람이나 실망도 없었다. 믿기 어려울 정도로 솔직함이 절정에 다다른 그 순간에는 마리사와 아말리아의 사이에 아무것도 없었다.

"내 말 들어 봐."

마리사가 말을 이어 나갔다.

"너는 아니라는 거 나도 알아. 그러니까 내 말은 네가 이성애잔지 뭔지 암튼 그거라는 거 나도 안다고. 아무 일도 없을 거야. 그렇지만 너한텐 말해야 할 거 같았어. 내가 입 다물고 혼자만 감정을 키우는 건 옳지 못하다고 생각했거든. 게다가 넌 내 가장 친한 친구잖아. 그러니 너한테 말하지 않으면 내가 누구한테 말하겠어? 우정을 잃는 사치는 부리고 싶지 않아."

"하지만 지금 네 말은……."

"내가 널 좋아하고 여자로서 사랑하는 거, 그뿐이야. 물론 별일 아닌 게 아니란 건 나도 잘 알아. 하지만 이게 다인걸? 난 솔직하고 싶었어. 이제 더 이상 힘들지 않거든. 어젯밤까지도 내가 뭔지, 내가 누구인지 모르겠더라. 예전엔 그 사실을 몰라서 힘들었어. 내가 왜 널 원하는지 모르는 채 널 사랑하는 것 말이야. 알고 모르고의 차이가 큰 거 있지."

"어젯밤에 무슨 일이 있었는데?"

아말리아가 물었다.

"루이스 엔리케와 잤어."

아말리아의 눈이 휘둥그레졌다.

"아주 좋았고 새로운 걸 발견하게 해 준 일이었지."

마리사가 솔직하게 말했다.

"그런데 난 네 생각이 나더라. 너랑 있고 싶었어. 내가 원한 건 너였거든."

"네가 지금 무슨 말을 하는지 알고 있는 거야?"

"응. 이제는. 난 단지 그걸 받아들이고 이해하는 게 필요했던 거야. 그리고 거기에 이름을 붙이는 것도. 나 레즈비언이야."

"마리사……."

"아니. 아무 말 하지 마."

마리사는 손가락 끝을 아말리아의 입술에 살며시 갖다 댔다.

아말리아의 눈이 모든 걸 말해 주었다.

시간도 멈춘 것 같았다.

"이제 알겠지?"

마리사가 다시 침묵을 깼다.

"넌 한 번도 의심하지 않았을 거야."

"응. 넌?"

"나도 마찬가지야. 의심할 생각조차 못했지. 성은 스스로 깨어나 내가 그걸 사용할 때까진 생각해 보지 않는 주제니까."

"진짜…… 놀랍다."

"나 때문에 실망했어?"

"아니!"

아말리아가 힘주어 말했다.

"우리가 친구라는 네 말이 맞아. 네가 날 실망시킬 일이 뭐가 있어. 나한테 그런 얘길 해 주니 오히려 네가 자랑스러운걸."

"이런 말 하는 건 네가 처음이야."

"내가 그걸 모를 거 같아?"

"이제 마음이 좀 편해졌어."

마리사가 말했다.

"속이 후련해진 기분이야."

"나한테 숨기는 거 없이 다 말해야 돼. 알겠지?"

"그런데……."

"네가 날 여자로서 좋아한다, 알겠어. 나도 널 엄청 좋아해. 바뀌는 건 아무것도 없어. 넌 너대로, 난 나대로 하면 되는 거야."

"아말리아, 난 네가 발타사르나 아니면 네가 좋아하는 사람과 행복했으면 좋겠어."

"나도 알아."

아말리아는 마리사를 있는 힘껏 껴안았다. 부드럽고 기분 좋은 접촉이었다. 그 느낌이 너무나 완전하고 절대적이라 마리사는 아말리아에게 입맞춤을 했을 때와 마찬가지로 그 순간을 붙잡아 자신의 것으로 만들어 간직하고 싶었다.

"세상에, 뭐 이런 밤이 다 있다니."

아말리아가 탄식했다.

"네 아빠에 나까지……. 이제 너희 엄마가 임신하기만 하면 되겠네."

아말리아는 갑자기 마리사에게서 몸을 떼고 그녀를 바라봤다. 일초도 안 되는 순간이었다. 둘은 느닷없이 웃기 시작하더니 폭소를 터뜨렸다. 그 맑고 깨끗한 웃음은 마리사와 아말리아가 숨을 쉬지 못해 눈물을 찔끔 흘릴 때까지 계속되었다. 둘은 뜻하지 않은 일에 혼란스러워하면서 다시 서로 껴안았다.

둘 다 알몸이 되어 있는 건 중요하지 않았다.

솔직함이 그녀들보다 더 그 몸을 드러내고 있었고, 그거야말로 가장 중요한 것이었다.

40

진실에는 세 가지 유형이 있다.

자기 자신의 진실, 남의 진실 그리고 어쩌면 이 둘을 합해 놓은 진실, 아니면 가장 현실적인 진실, 혹은 유일하게 의미가 있는 진실인 세 번째 진실이다. 그러나 세상은 저마다의 진실과 남들의 진실로 가득 차 있다. 세 번째 진실들은 하늘의 구름에 걸려 있고 바람을 타고 날아다니거나 빗방울처럼 떨어져 우산을 쓰고 그것을 피하려는 사람들을 적신다.

마리사는 구름과 바람이 없는, 이제 막 모습을 드러낸 여름의 평온함에 매달린 하늘을 바라봤다.

그런 뒤 다시 루이스 엔리케를 바라봤다.

그의 등, 점점 더 벌어지는 거리, 그의 발걸음이 남긴 자국, 그에게서 뿜어져 나오는 슬픔…….

진실에 깔린 루이스 엔리케.

유일한 진실 때문에…….

"미안해요."

마리사는 다시 중얼거렸다.

마리사는 루이스 엔리케를 생각하면 마음이 아팠지만 동시에 후련하기도 했다.

마침내 마음이 가벼워졌다.

마리사는 자신이 루이스 엔리케에게 한 마지막 말을 떠올렸다.

"오빠는 내게 일어난 일 중 최고예요. 오빠를 다른 방식으로 좋아할 수 있었으면 좋겠어요. 아직도 오빠를 아주 많이 사랑하지만요. 날 믿지 않고 싫어할 수도 있겠지만 그게 사실이에요."

루이스 엔리케는 마리사에게 입맞춤을 해 달라고 했다.

마리사는 그의 말을 따랐다.

베르베나의 밤. 고작 사십팔 시간이 지났을 뿐인데 엄청난 시간이 흐른 것 같았다.

이제 한 걸음 내딛을 때마다 되돌릴 수 없는 거리감이 느껴졌다.

루이스 엔리케가 마리사의 시야에서 사라졌다.

"그는 내 인생에서 일어났던 일들 중 최고였어. 아말리아만큼이나."

마리사는 중얼거렸다.

그녀의 아말리아.

생기발랄하고, 강렬하고, 발타사르에게 푹 빠져 있고, 앞날이 창창한 아말리아.

마리사의 첫사랑.

마리사는 주먹을 쥐고 이를 꽉 물고 몸을 돌려 공원에서 나와 집으로 향했다.

뭔가가 남아 있었다.

아마 최악의 것일지도 모르는.

그러나 마리사는 처음부터 시작해야 했다. 모든 것을 잘 해결하고, 마음을 비우고, 남들에게 솔직해지기 전에 스스로에게 먼저 그래야 했다.

그러려면 도움이 필요할지도 몰랐다.

"힘내."

마리사는 스스로에게 힘을 북돋았다.

더 이상 입을 다무는 것도, 속이는 것도, 거짓말도, 자기 자신을 포장하고 싶지도 않았다. 친척들은 사촌 테레사에게 끊임없이 남자친구 타령을 했다. 마치 그것이 서른 살 먹은 여자에게 남은 유일한 선택권인 것처럼. 어쩌면 늘 어디든 친구 후아나와 붙어 다니는 테레사도 레즈비언일지도 몰랐다. 또 그런들 어떠랴.

그것이 사실이라도 아무 일도 일어나지 않는다.

지금은 이십일 세기이지 않은가.

마리사는 쇼윈도에 비친 자신의 모습을 힐끔 쳐다봤다. 쇼윈도는 또 다른 거울이었다. 마리사에게는 이제 새로운 의문과 새로운 질문이 생기게 될 것이다. 그것이 인생이었다. 의심하고 질문하는 것. 의문을 해결하고 답을 찾는 것. 그러나 항상 그 앞에는 뭔가가 기다리고 있기 마련이다. '다른 계획을 세우느라 분주한 동안 스쳐 가는 순간들이 바로 당신의 인생이다.' 라는 존 레넌의 말처럼. 계획 또는 질문. 그것 이외에 뭐가 더 있을까?

무엇보다 마리사는 아직 열여섯 살밖에 되지 않았다.

집에 도착한 마리사는 조용히 안으로 들어갔다.

주방에서 대화를 나누는 부모님의 소리가 들렸다. 마리사는 차리의 방에 가서 차리를 부르지 않은 채 문틈으로 고개를 빠끔히 내밀고 이말만 했다.

"잠깐 올 수 있어?"

"어디로?"

"이리 와 봐."

마리사는 차리가 자신을 따라올 것 같자 문에서 얼굴을 뗐다. 마리사는 주방에 들어갔다. 어머니가 저녁 식사에 대해 뭔가 말했다. 아버지는 시간에 대해 말했다. 둘은 지쳐 보이는 마리사의 미소와 근심 어린 차리의 얼굴을 보자 이야기를 멈추었다.

마리사는 셋을 바라봤다.

정도의 차이는 있겠지만 가족들이 자신을 이해할 거라는 걸 알았다. 마리사는 이제 두렵지 않았다. 두려워할 이유가 없었다. 가족들은 자신을 사랑했고 마리사도 가족들을 사랑했다. 마리사의 인생이자 이미 태어날 때부터 그렇게 주어진 것이었다. 마리사의 정신, 유전자, 뿌리, 성격, DNA까지 모든 것이 그러했다. 그들은 마리사의 부모이고, 언니였다. 마리사는 병에 걸린 것이 아니었다. 이상한 것도 아니었다. 그런 상황에 놓인 그 누구와 마찬가지로 평범했다.

마리사는 아름답고 조용한 미소를 머금고 말했다.

"아빠, 엄마, 언니, 제가 말씀드릴 게 있어요."

—끝—

처음 이 책의 번역을 의뢰 받았던 날이 떠오른다. 제목은 《Al otro lado del espejo》, 두 소녀가 손을 맞잡고 뛰어오르는 사진의 표지. 뒤표지에 적힌 요약 글을 읽어 봐도 책의 내용이 쉽게 감이 잡히지 않아 한 스페인 인터넷 서점 웹사이트에 들어가 검색을 해 본다. 그랬더니 이 책의 정의가 한 문장으로 축약되어 나온다. '성 정체성을 발견하는 사춘기 소녀의 흥미로운 이야기'

그렇다. 이 책은 성 정체성, 구체적으로는 동성애를 소재로 하고 있다. 그러나 동성애를 이 책의 전부라고 생각하면 오산이다. 역자인 나도 처음에는 위 인터넷 서점의 도서 소개에서 '성 정체성'이라는 단어만 보고는 책의 내용과 장르를 의심했다. 어쩌면 우리의 문화를 고려했을 때 한국 출판 시장에는 적합하지 않은 책일지도 모른다는 생각도 들었다.

책을 다 읽고 난 지금, 이 책의 정의를 다시 내려야 할 것 같다. 왜냐하면 마리사는 누구나 겪은, 아니면 겪고 있는 사춘기의 모든 특징을 대변하는 인물이기 때문이다. 사춘기는 우리 주변의 모든 것을 고민의 대상으로 만든다. 가족, 친구, 진로, 사랑, 그리고 성(性)까지도. 한국 정서상 성 문제를 거리낌 없이 논하기란 쉽지 않다. 아직 미성년자인 청소년의 성이라면 더더욱 그러하다. 사실 청소년이야말로 성에 대한 관심이 높고 그만큼 이에 대한 올바른 이해가 필요한데도 말이다. 이제 시대가 바뀌어 청소년을 위한 성 지침서는 시중에서 흔하게 볼 수 있다. 그러나 정작 청소년이 느끼고 고민하는 것을 '공감' 해 주는 책은 찾기 힘들다.

이러한 의미에서 《거울 너머의 나》는 우리의 가려운 부분을 긁어 준다. 저자는 때로는 적나라하게, 또 때로는 담담하게 사춘기 소녀의 이야기를 들려준다. 그래서인지 읽는 내내 '그래, 나도 그랬었지.' 라며 절로 고개가 끄덕여지기도 하고, 이따금 생각에 잠기기도 했다. 주인공의 대사 하나하나에, 저자가 3인칭 관점에서 서술한 말 하나하나에 내 젊은 날의 고민과 아픔이 고스란히 묻어나 있었기 때문일 것이다.

그렇기에 이 책을 청소년 독자뿐만 아니라 그들의 부모도 꼭 읽어보길 바란다. 잠시나마 당신도 그런 시절이 있었다는 사실을 상기한다면 당신의 딸 혹은 아들을 좀 더 이해하는 계기가 되지 않을까 하는 바람을 가져 본다. 그리고 《거울 너머의 나》의 정의를 독자가 직접 내려 주길 바란다. 바로 그 정의가 현재 또는 과거의 내 모습일 테니.

2012년 6월 김영주

풀빛 청소년 문학 8

거울 너머의 나

초판 인쇄 2012년 6월 2일 | 초판 발행 2012년 6월 7일

글쓴이 조르디 시에라 이 파브라 | 옮긴이 김영주 | 펴낸이 홍 석 | 기획위원 채희석
편집부장 이정은 | 편집 김영아·김태윤 | 디자인 신영미·서은경 | 마케팅 홍성우·김정혜·김화영
펴낸곳 도서출판 풀빛 | 등록 1979년 3월 6일 제 8-24호
주소 120-818 서울특별시 서대문구 북아현동 177-5
전화 02-363-5995(영업), 02-362-8900(편집) | 팩스 02-393-3858
홈페이지 www.pulbit.co.kr | 전자우편 pulbitkids@hanmail.net

ISBN 978-89-7474-365-9 43870

이 도서의 국립중앙도서관 출판시도서목록(CIP)홈페이지(http://www.nl.go.kr/ecip)와
국가자료공동목록시스템(http://www.nl.go.kr/kolisnet)에서 이용하실 수 있습니다.(CIP2012002406)